陳映真作品集 III

人間·印象

目次

輯一　聽聲

輯二　凝望

輯三 僻居

輯四　行踏

輯一

聽聲

偶遇

浮刻著「邊緣咖啡」幾個字的一片木板，掛在一堵矮舊的磚牆入口門柱上。我走進去，張望著穿過長了兩棵野欖仁樹和幾叢灌木的小花園，踏上台階，看見她獨自坐在日式房屋的廊下。我遲疑著詢問說，這裡有咖啡可以喝嗎？她說有，同時站起來，表示她好像曾在哪裡見過我。我繼續遲疑一會兒之後，報了姓名和居住地。「啊！就是嘛。」她的聲調帶有一些不明顯的興奮，接著說了自己的名字，並且提起大約十五年前她初進入我當時正要離職的某某雜誌社工作時曾見過幾次面，以及後來曾和我的某兩位朋友到過我家一起喝酒談了很多話等等。

實在說，她所敘述的這一切，我幾乎都記不起來，而我長途開車，也只因有點累了，才會臨時起意想要在路過的這個僻遠的山邊村落休息片刻。我不太想和誰交談。

她去煮咖啡時，我也走入那已打掉隔間而顯得還算寬敞的木屋室內。一處角落的柴櫃和牆壁上，置放著原住民風味的一些織繡、雕刻、陶藝、珠串之類的小物件，是要販售的。其中，另有幾疊可作為明信片的攝影作品，上面印有她的名。我一張一張仔細看。

通過這些紙上的影像，一些記憶突破歲月的薄霧，很快就回來了。我想起了十幾年前，若干朋友努力地分別用文字和攝影想要去記錄一個時代，記錄人間生活的臉孔，那一段時候裡，人的品質和追尋。通過她的這些此時默默躺在櫃檯上的攝影作品，我才覺得，我和她原來其實是很親近的。它們，一張一張，都指向了一種精神，並且對著我說話，其中包括一些或輕或重的責備。我想到，這十多年，對許多人而言，包括我在內，可能就是在不知不覺中，窸窸窣窣蛀蝕下來的，而就在那過程中，有些東西逐漸被遺忘，或是逐漸消失，甚至於死掉了。

後來我們坐在廊下談話。她那包紮著淡藍底小白花布巾下的臉，有點粗糙，但又透著些微的油亮，像我們身旁那兩棵野欖仁樹的葉子。一個光著上身的原住民男子，和一個五、六歲的小女孩，一起從門外走過來。她介紹說：「這是我的孩子。這是孩子的爸。」

呼吸

潭邊的一處轉彎地帶，茂密地長了很大的一片巴拉草。我走近時，聽到一種奇特的聲音此起彼落地揚揚沸沸在這些蔓草間。那聲音，好像是好幾千付牙齒一起不斷地上下輕輕叩撞時發出來的，都是單音，但輕重不一，頻率似也有差異，分別細辨之後，才發現有的只接連著快速碰敲兩次，有的六七次，然後停頓一下，然後繼續，如此一再重複，整個的形成如無數的竹節敲擊或一再拉出同一個音的無數大提琴的交響呼應，只有偶爾會從中竄出數聲蛙叫，作為點綴。我從未聽過這樣的聲音，也分辨不出這聲音來自水下或水面或是草葉間，只覺得，這一直密密震顫共鳴著的全部聲音，似乎很含蓄，但又帶著某種很堅持的意思，在全屬巴拉草的群落中，在潭邊這個小角落水域的上方，低低沉沉地飄浮，並隨時消失在午後清澄的空氣裡。我猜測這應該是某種生物的聲音，但很疑惑到底是什麼生物呢，而且數量怎麼這麼多。

後來，一個男人和兩個小孩和三隻狗，一起穿過欒樹林和草地，來到我蹲坐的堤岸邊。我問他那是什麼聲音。他說：「蛤仔啊。」我有點吃驚，但又似恍然大悟，覺得理應如此。他說，蛤仔很多很多噢，但很難抓到，晚上較好抓，但常會碰到蛇。我問：「蛤仔為什麼這麼叫？」他說：「呼吸啊。」同時一邊脫掉上衣和外褲，走進水裡去。

他用手拋網在捕魚。每拋一次網，水面就是一下子很輕的啪啦聲。但每次獲得的魚並不多；小的，放回水中去，若有大的，就放入繫在腰際的網袋裡。那兩個小孩，一男一女，約略都只有七八歲不到的年紀，這時全身光溜溜，在水邊遊戲，不時輪流潛入水裡，且不時冒出頭來換氣。水聲和笑聲貼著水面傳來，混合了蛤仔的呼吸聲，在我和三隻狗或坐或趴著的岸旁動盪。

山的影子無聲無息地逐漸涉入水中。一隻水避仔浮移在不遠的水上，然後失蹤在巴拉草的身影後。好幾處水面閃爍著細密的銀光。附近樹林裡不時響起一些鳥叫聲，聽得較為真切的有大卷尾、小彎嘴和樹鵲，以及稍遠處山坡上的數隻五色鳥。蛤仔持續熱烈地低沉發聲。兩個孩子仍在嬉戲。大人繼續撒網。一切都在呼吸，在世界的這個僻靜角落裡。

歲月

我們對坐著喝他自釀的桑椹酒。午後的天光從身側的廳門進來，他一邊的臉像是略經曝曬後的某種葉菜，有一些萎垂的樣子，但又有一種令人感到放鬆自在的特殊色澤和氣味。他說話時，即使在我的探詢之下陸續談起驚濤駭浪的往日，語氣平淡，偶爾露出的笑容很淺，身體也幾乎是不動的。後來，他一邊用垂掛在脖子上的毛巾輕輕擦臉時，一邊說：「啊一切都過去了。世界一直在轉動，那時陣，自己稍微躊躇了一下子，走偏了，就走不開腳了，好像一個人留在原來的地方，在那個地方，一個人必須只能獨自設法衝啊撞啊擠啊出來。」

他說回到這郊外老家的近四五年來，經常去附近的溪底撿一些自己覺得喜歡的石頭，在溪邊的堤岸散步，在小院子裡種一些盆栽和蔬菜，養幾隻生卵雞。在都市裡和兒子同住的老妻，大概一個月來看他一次。他覺得目前的生活中好像只需要和這些石頭草木雞隻說話，很放心，並且已逐漸知道不必再那麼為難過去的自己了。

他撿回來的無數石頭，就放在他背後的空間裡，有的擺在簡單的木架上，有的似乎頗有秩序地放在地上，這時在較為不明亮的光線裡，映著他的上半身，好像成為一種模模糊糊的重量在空氣裡飄浮，或著像是一種沉默的自我宣示，隱藏著他已無所謂滿意或不滿意的心事。

在我們沒說話時，我忽然意識到可能有一個電子鐘在走動，在那些石頭中間的某個地方很規律地發出得得得得的聲音。那聲音好像一點一滴地落在地面上，同時滲入整個室內空間裡，攪動著稍顯灰暗的空氣，使得某些什麼東西在漸漸稀釋和流失掉。我起初不知為何有點不安地很想要辨識出鐘在何處，但是當他接著再說話時，我就似乎不再那麼在意了。我們繼續喝酒，時斷時續地談話。

日光漸弱，從屋外傳入一些蟲的叫聲，有遠有近，其中有我小時候稱為竈雞仔的一種小蟋蟀所發出的，聲音尖亮，有金屬的質地。這種昆蟲的模樣一下子十分清晰地出現在我腦中。我想到每一個人對歲月的記憶和處理是多麼不同啊，但其實又有可以相知相通處。

告別時，他送我到馬路邊的大門口。我轉身向他揮手時，看到他身旁的一叢紫薇花開得正燦爛，身後的的三棵檳榔樹直挺地襯著將要入晚的天空。

逝

報紙的地方版刊登了他自殺的事，提及他曾是有名的藝術家，五年前回海邊的家鄉小鎮定居，組了一個全由當地婦女參加的劇團，所留下的遺書僅寥寥數語，說走著走著，好像沒有路了，所以決定走入他一直喜歡的海裡去。很短的幾行字，概括了他的一生，在一天的新聞裡。

我吃早餐時讀到這個消息，一下子怔住了。我察覺到自己的心情忽然往下沉，周圍的空氣則迅速後退，好像被抽走了，杯盤不意的輕輕碰撞有一種空空乾乾的回音。

其實我和他並不熟，只是在一次海上活動中初見面，然後相處了四、五天。他個子瘦小，聽說已四十幾歲，每天都穿著彩豔的短褲和印染有各種圖案的T恤，頭綁花布巾，掛一付淺紫色的橢圓形小墨鏡，有時還戴上串著有的沒有的一些飾物的長項鍊，經常在人群中搞笑嬉鬧，有時候一邊拍打非洲鼓一邊跳舞兼胡亂高歌。輪到他煮飯時，像是也在玩遊戲；他把一些食材超乎尋常道理地放在一起，做出的菜看著怪異，吃起來卻別具風味。有幾次他喝醉了，就隨便躺在碼頭上睡覺，醒來後又是很快樂的樣子。我當時覺得，快樂的確是一種能力，他就是有。

然而這樣的人卻自己結束了生命。在表裡之間，在喧鬧和認真之間，那看似極大的差異，是不是其實只是一絲細細的繃得很緊的線，最後忽然就斷裂了？或者說，我在那幾天裡所看到的他的種種行為，他似乎快樂自在的樣子，也許是他對某些不以為然的世故人情和規範的一種刻意輕忽方式，其中正強烈透露了他內心坎坷破碎慌張而亟欲求救的訊息呢？但當時，我只是遠遠地看著。

有一次我們幾個人在港邊聊天，他突然脫下衣服，只剩內褲，戴起大蛙鏡，嘴裡說要去浮潛，就跳到水裡去了。但沒幾分鐘，他又爬上岸，直喊沒想到水那麼冷那麼髒什麼都看不清楚。他全身覆了一層薄薄的油汙，水滴從頭髮、臉孔流經肋骨分明可數的上身，落至地面。他全身哆嗦，蒼白的笑容勉強而茫然，有如一隻迷途落難的瘦鳥。或許，那就是一種摧殘甚或死亡的氣息吧。可是那時候我們都不在意；在一陣哄笑後，事情就又過去了。

他走後一個星期，聽說屍體仍未找到。這樣子也好。就讓他就這樣子消失，不必知其所終。緣起性空，自生自滅。且將遺書輕輕收起吧，放進抽屜裡。

一時佛在

我從公路旁高大的山門下走進去。十餘米寬的石板路直直往上升。寺院的建築在遠處，在兩段階梯之後的上方，此時只露出上半部，倚襯在草木密綠的小山邊。一些白雲閒閒無事，浮在山上的藍天裡。

只有我一個人在路上走。許多烏頭翁的叫聲在兩旁木麻黃與樟樹林內，聲音宛轉響亮，忽遠忽近，不停地應和，其間只有少數三四隻已過繁殖期的五色鳥，偶爾從不同角落的某處，不疾不徐地發出數個單音，好像在為大家穩住拍子。

陽光微熱。我慢慢走過第一段台階。一隻白鶺鴒碎步快走在路旁一小排孤挺花附近，每隔幾秒鐘就停下來瞧我一眼。但是等我稍微靠過去時，牠立刻就跑遠了，隱入樹蔭下石凳後方的矮灌叢裡。我隱約聽見陰影間水聲潺潺，參在此起彼落的鳥聲中。我也開始隱約聞到了桂花的香味。

繼續走完第二段台階之後，我終於到了大殿前。寺院的規模看來並不很大：一座大殿和左右側兩排屋子。一位出家人走出廂房，微笑合掌向我問訊，阿彌陀佛。我同樣答禮，然後脫了鞋子，走入殿內去。

殿內高廣明亮，檀香輕輕燃，煙氣似有似無地飄浮。三尊金色的佛像並坐。牆壁也是金黃的色系，還淺淺地畫了一些飛天祥雲。花崗石地板淡米黃色，很光滑。兩旁近壁處各有四幅經幢從高處垂下，八種顏色，上面都繡了一樣的梵文經咒。一種既輕又重、虛實交錯的氣氛。我在其間慢步繞行，後來就坐下，面對著佛。

然後，忽然間，我看見一隻小白蝶不知道從哪裡飛出來，出現在我的右前方，約僅三尺之遙，幾乎貼著光滑的地面，好像就是從那地面飛出來的，翅膀輕輕搧動，慢慢飛，無聲無息，慢慢上升，緩緩轉彎，飛過兩幅經幢之間，隨即又彎回來，越飛越高，飛過釋迦如來盤坐的膝前、身軀、臉部，然後從祂的耳朵旁邊消失了。真的就這樣，也是忽然間，一下子就消失了。我確定這不是我的幻覺。是真的，一個小小的生命，粉粉的白色，在這個清澄寂靜的佛殿內出現，悠然飛翔，柔軟，輕盈，很歡喜自在的樣子，然後又消失了。

我走出殿外之後，四處散步了一圈。鳥聲仍然不絕。廂房二樓後側的棚架下，靜靜地掛滿了晾曬的袈裟，灰色的、褐色的、白色的。樓下水槽邊幾叢蕨葉長得很好。兩位女尼倚著欄杆，笑笑說話，一個說：「我今天的花生是不是炒得很好？你說？」一個說：「是啊！很好很好。」

偷生

按照他幾天前的描述和說明，我開車沿著山間曲折蜿蜒的縣道走過了四十九公里的路標之後，不久真的終於看見兩大叢密生的刺竹之間有一條表面粗糙的水泥路斜彎向下很快就遮掩在茂密的雜樹間不知去向。我決定將車子暫停在路口，然後下車，讓突然頗有一些激動的心情能稍趨於平靜。

是怎樣的心情呢？是有幾分好奇，但又有很深的悲傷和恐怖的感覺，好像是要去一個祕密基地，一個滿是辛酸受迫的現場，去憑弔一段過去。

就如他所描述的，眼前是顯得有些陡峭的山谷，對岸的小山巒此時看來也不高，但稜脈分歧，重疊起伏，全部綠樹覆蓋，襯映著灰藍色的天。他說從路口折入之後只要循著這唯一的產業道路走，轉幾個彎，然後過一個小橋，然後逐漸爬升，經過三個山坳彎處，沒多久就會看到他的果園和住家了，開車慢慢走大概要一二十分鐘。他還說，只要聽到狗的叫聲，他就會從一個外人看不到的地方看到是不是我來了。

的確是一個僻遠而隱密、可以庇護一家人的所在。尤其是當年無明顯路徑可通的時候。這時這一片山野在午後的陽光下，鬱綠的各種雜樹默默生長，隱約的水聲在深谷底。然而啊，我卻也想像起當天地一片漆黑，當暴風雨肆虐，人畏懼愁苦的樣子。我又一次想起他的故事。

他在我家附近的帝君廟前廣場戲台旁賣水果；去年冬天我因買葡萄柚而認識他。他說樹上有什麼就賣什麼，隨季節而變換，都是自己家裡種的。他每天下午採收，隔天一大早用小貨車載出門，固定在廟前做附近居民和少數路過熟客的生意。後來我也成了他的熟客，並且往往會在買賣時交談幾句。

他家和果園之所以會在這樣偏遠的山區，就是如此談起的。也因而談到了二二八那一場罪孽深重的大屠殺的事。

那一年，他父親二十六歲，在西部小鎮的一所小學任代課教員。在幾個同事和朋友相繼失蹤之後，父親在祖父母的催促下，帶著母親和四歲的他以及兩歲的妹妹，驚慌逃亡，幾度四處安頓接著不久又搬遷，翻山越嶺，終於在一個養羊人家的建議下進入了目前居住的這個山區，獨門獨戶、經常沉默不語地過完餘生。而他，這一生，也從未讀過任何書。

他說這些事時，語氣平淡，但也提及正義天理之類的字眼。

現在，我和他相約來他這裡，似乎就是出於一份虔敬的心，要來向他們一家幾代人致意的。

我們去唱歌

朋友說，我們去唱歌吧。我說，這樣的鄉下怎麼會有唱歌的地方。他說有啦，有一家小雜貨店，在路口連接縣道的三角窗那裡，裡面設有投幣式的卡拉OK。我曾好幾次聽過他唱歌，歌喉很好，而且都唱得很投入很開懷，那種快樂的表情和模樣平常難以看到。我因此說好啊。他於是把龍眼樹下大木塊上的兩個咖啡杯和一本書收拾入屋裡去，然後鎖門，向蹲坐在屋簷下的一隻小黑狗揮手說再見。

我們沿著村中唯一的一條直路走。路的盡頭就是朋友所說的路口了，距離約有一公里多吧，但這時整條路上看不到任何人或車。路邊溝渠裡的水一直咕嚕咕嚕著，急速往前流。我們走過接連好幾片野草密長的廢耕地、一個池塘、兩處花生田、兩戶獨立在田園間的住家，其中一戶以七里香作樹籬，另一戶四周都是高高直立的檳榔樹，樹下有幾叢九重葛，紛紛盛開的花分兩色：橘黃與粉紅。天色卻是一概的淺灰，但全沒有會下雨的意思。斑鳩在不遠的某處頻頻叫喚。我們繼續走過住屋較密集的路段。門戶有的關閉有的半掩著。幾次聽見應是電視裡的聲音在屋內隱約回響。一個男子向壁側躺在屋廊下的一張長藤椅上。一位婦女在小巷子裡收晾曬的衣服。一些蒼蠅在已收攤的肉砧上飛舞。

朋友曾跟我說過這個小村子的歷史：最初只是少數幾間茅屋工寮，然後逐漸集結成村，住的都是糖廠會社的工人，都是從他地四處跋涉遠來討生活的人，他們從早到晚辛苦勞動，七八十年過去了，也遇過好幾次嚴重的火災、水患和地震，但也都熬過來了，如今蔗糖產業式微……。

我們走入路口的那一家小店時，一個奧媽桑從幽暗中的座椅裡站起來，對著我的朋友問說要唱歌是嗎，然後開亮日光燈。原來這一間鐵皮屋子，靠路旁的角落，用來賣香菸檳榔飲料和麵食，其他部分則放了兩套塑膠桌椅。朋友跟她換了兩百塊銅幣。我們開始唱歌。

大都是一些台語老歌，旋律滄桑，歌詞裡常有命運奔波艱辛等待漂泊寂寞哀愁之類的字眼，詠嘆人世遭遇，也提醒無奈中不可喪失的意志勇氣。我們盡情地唱，唱得好像很歡樂。歌聲飄出屋外，可能還越過馬路，飄入路另一邊像是連綿無盡的糖廠甘蔗園。朋友說，唱啊盡量唱啊，既然來了就高高興興唱啊。是啊，唱啊，唱給自己聽，唱給寂寞無聲的村子聽，唱給沒落的甘蔗聽。

後窗外的貓

四樓的後窗外是一些低矮的房子，總共有五六戶吧，或者八九戶，屋頂高高低低，或相連或錯開，有的是長了青苔或已積成厚乾垢的風化嚴重的日式灰磚瓦，有的是曾經塗了柏油但已脫落殆盡的斑剝的鐵皮浪板，斜度也不一致。這些老舊的房子，也不知道什麼緣故，到現在竟然四面都被兩層至七層不等的樓房圍住了，只留有一條小巷道通往外面熱鬧的大街，好像就此落後在某個時空裡，長時一直靜靜地沉澱著時間裡薄薄的各種塵埃和喧囂。平常時候很少有人走動進出。但當中的幾處小空地裡，一些植物長得極好；椰子樹、苦楝、福木、蓮霧樹、釋迦樹、木瓜叢、木薯，都各有各的姿態。川七甚至於蔓長攀爬到一些木塊竹枝上了。

有時我會站在窗邊看這些安靜的屋宇和樹，看著四周的那些樓房後側陽台鐵欄杆內晾曬著的衣物在風中微微晃動，同時視線也越過一式地安裝了銀色圓形儲水桶的參差的屋頂線，望向遙遠的山和山間無聲無息變化著的雲和霧。

而那一隻貓，這時候或許也會出現在屋頂上。

那是一隻純白色的貓。牠經常獨自在那些灰暗色的屋頂上走動，步伐很慢很輕軟，靜悄悄的，好像沒有重量，從這個屋頂走到那個屋頂，偶爾停下腳步，緩緩轉頭或低首，若有所思或像在嗅聞著什麼，或者是後腿蹬直，頭向前伸，舒展一下筋骨，有一次甚至還上身斜仰著靠在一根橫切過屋脊的電纜線上，用力摩擦了好一陣子。然後牠繼續輕緩漫步，最後則往往就選擇在椰子樹影下的一小片可能是浴廁間的屋頂平台上躺下來，動作從容，好像很自在又放心，如此一睡就好一段時候。有時會有一些鳥雀飛來，在附近的樹上跳躍，有一次我還看到一隻白鶺鴒忽然降落在牠身旁，尾巴不停地上下翹動，但牠只是稍微動了一下頭部，仍然繼續放鬆臥睡。

這時午後的陽光或許已經越過窗框，斜斜地照在我的書桌上，甚或有的已落到桌緣外的地板上了。我回去書桌前看書或打字。一切都很安靜。忙碌的市街中一些日常營生的聲音，包括摩托車的聲音、宣傳車反覆的歌曲和呼喊、電鋸切割著什麼物件的嗡嗡聲，以及某人在某處敲打搥釘著什麼東西的聲音，這時聽起來，似乎都很不真切地浮沉不定，很渺遙。等我再次探頭窗外時，那一隻白貓可能仍在安睡，也可能像牠悄悄出現一樣，又已悄悄消失了，好像是某種孤獨生活的好品質。陽光則依然照耀著灰舊的屋頂和綠樹。

聲色

那一隻伯勞從我眼前飛掠而過，然後歇在數十公尺外的一株葉子已落盡的梅樹上。在望遠鏡裡，牠昂首側站著，在稀疏交錯的空枝之間，全身大體是粉粉柔柔的橘紅棕色，只有嘴和過眼線連接成一道深黑，橫過白色的額眉和腮頰。牠不時四下顧盼張望，似乎有很多念頭，其間還莫名其妙地大聲鳴叫了兩次。然而接著，也許不到一分鐘吧，牠突然就振翅飛走了，瞬息間反身穿過一長排直立高聳的烏心石樹影下，成為一個黑點，迅速劃過樹林後方透出明亮燈光的一處露天咖啡座的大面玻璃窗，從此不見了。

就在那一瞬間，當牠忽然從梅樹上飛撲而去的那個瞬間，我彷彿看

到梅樹的最後一片葉子悠悠然飄下，樹枝附近的空氣攪起一陣輕微的騷動。一隻色彩鮮麗柔美的伯勞鳥來了又走了，在冬日山腳下的一個小公園內，來去現隱都出人意表，像遙遠的天際地平線上一道霎時閃爍生滅的光，像一陣令人詫異的隨意揮灑的溫暖色澤，讓人一時恍惚，神志頓然搖晃，同時急速沉澱，似虛幻，又極其真確的。竟然，牠真的就這樣忽然的來了又忽然走了，留下這一株梅樹繼續獨立在草地上，留下向晚時分逐漸轉趨灰灰寒涼的天色，及一時怔忡的我。

這時沉默的梅樹在草地上，遠遠看來，姿態模樣像是也一時忽然變得有一些寂寞。我走向它。

梅樹大約一個半人高，其實是開著花的。仔細算一算，雖然總共才十四朵，分別開在不同的枝椏上，小小的花蕊，粉白透黃，晶瑩細緻，好像也還各自一直幽幽散發出細微的香氣，融在灰褐斑駁的枝條疏落圍成的小空間裡，安靜的在其間飄浮。我深吸幾口氣，一邊看著暮色如何地悄悄然降落。

兩個女人從咖啡座那裡循階梯而下，走在一排暗綠樹籬旁的石板路上。應該是高跟鞋的聲音喀喀喀地錯落交響，聽起來空空蕩蕩，卻好像把寧靜的暮色踏碎了，其中還雜著時高時低的話語和笑聲。她們的聲音和身影朝著停車場的方向遠去，最後也終於都消失了。一輛發財車載著播放個不停的流行歌曲和兜售的麵包，在停車場附近慢慢繞了一圈之後，也走了。

天色即將完全暗下來。我想我也該走了，告別我無意間在這一個初冬微冷的山邊曾經遇見過的這一株梅樹和此時已不知蹤跡的一隻伯勞鳥。

靜默的下午

那是一個約略成正方形的魚池，面積可能有三分多吧，水質算乾淨，量也充足。但不知有沒有養魚，只見得青萍細細密密地覆滿了一大半水面，而且大概因為風向的關係，幾乎全部靠向南岸。入冬之後，我每星期二上完了上午三小時的課，就開車到這裡來，一個人坐在池邊，觀看好幾種鳥禽在這裡生活和出沒。

其中，最多的是紅冠水雞，經常在五十隻以上。牠們大多數浮在水上，各自分開悠游移動。石板黑的身軀，身側脅下一排與水面平行的白斑紋，翹起的尾巴下方呈三角形的白色覆羽，以及有著黃色尖端的深紅色的嘴，在展延成綿綿一片嫩綠的青萍間，很明顯（但也有少數幾隻幼鳥全身大體灰褐）。牠們有的在覓食，頭部頻頻迅速前彎，點啄著水面，有的好像只純任自己隨便漂浮，輕鬆無事，靜靜地休息。偶爾也不曉得為什麼突然就有一隻飛起，雙腳急促奔踏著水面，噼噼啪啪地掠過一小段距離之後，再度落坐水上，若無其事地繼續覓食，或者直接飛到岸上，認真地開始整飭儀容。

在岸上，紅冠水雞也總維持著十來隻。牠們在冬葉稀疏的幾棵樟樹下，有的則跑到枯斷的枝幹上去了，但大都專注在梳理自己的羽毛，不時地抬腳張翅，一邊轉頭啄磨，或是大力地甩動身子。也常有三兩隻在岸邊洗澡；牠們立定在臨水的石頭上，頭殼和上身不斷地衝潛入水又抬起，同時拍動翅膀，水花四濺，如此一再反覆，可以持續半個鐘頭以上。

也許整個下午，我就這樣坐在這個魚池的北岸，從望遠鏡裡看這些紅冠水雞的活動。也許，這其間，水面上也會出現一兩隻不時潛入水中然後又在難以猜得準的方向和距離外冒出身軀的小鸊鷉。而洋燕，尤其在逐漸向晚的時分，更是往往會陸陸續續地來了一大群。牠們如大波浪般貼著水面快速飛翔，有些還直奔至我眼前，然後又迅疾轉彎揚升，翩翩然輕盈俐落，像是在和我嬉耍。有時，黃鶺鴒也來了，在我身旁不遠的石礫上不停地上下搖動著尾巴。烏頭翁則高高站在我身後的電線上唱歌。有一次，我甚至很驚喜地看到了一隻黃小鷺。

整個下午，也許就這樣過去了。在一上午針對各式各樣文字詞句的斟酌討論之後，在諸多聲音之後，這是一段靜默的時候。陪伴我看鳥的，大概就只有一起徘徊池水中的天光和雲影了。

黃小鷺之光

很意外的，竟然就在我專心搜尋並觀察著那一群十來隻紅冠水雞在魚池岸邊的各種舉止時，一隻黃小鷺出現了。我有一種幾近壓抑不住的像是要歡呼起來的興奮心情。我從未見過這種鷺科的鳥。我拿出圖鑑，詳細對照。沒錯，是黃小鷺，就是牠，是一隻母的黃小鷺，頭上栗褐色，而非鉛黑。牠這時就在大石頭斜斜堆疊而成的魚池護堤下，站在水邊的石頭上。牠長時靜靜站立，氣定神閒地望著近處的水面，有時縮著脖子，若有所思，或是偶爾斜歪著頭，對著石壁仔細打量，然後再慢慢伸長頸部，把尖尖的嘴巴伸入某個石縫裡去，在其中探索了好一陣子，然後又出來，恢復若無其事的樣子，或者接著慢條斯理地踏出一兩步，或是微張雙翼，輕輕提起身軀，跨過一小片水面，落定在另一塊石頭上，毫不在意地繼續縮頸沉思，一舉一動好像都不慌不忙，從容沉著，也好像都經過仔細審度，沒有什麼可以詫異。

但更好像是時間本身的慢慢流過。沒有聲息，但又是篤定的。

牠的身影，在我的望遠鏡裡，映著灰灰的那些帶著些濕氣的石頭，安靜幽祕。冬日午後微寒的光照在牠的身上。牠背部和胸腹一帶明暗不同的黃褐色斑紋，和大抵土黃色的整個豐潤的身軀，一起散發著暖意。那光，好像既古遠又清新，在牠的身上輕輕閃爍，同時也在牠身旁的水面和石頭以及石縫間的一些草葉上，無聲晃漾。那些難以捉摸的光線，好像凝定在鏡頭中的小世界裡，平滑而細緻，但有時候又如波紋搖盪，像有微風從中穿過。

於是，我就這樣經由望遠鏡，進入了那個小小的世界裡，接近這一隻黃小鷺，接近牠周圍似靜止似游移的光，還彷彿約略觸及了某種永恆之類的東西。有時我移動鏡頭，轉而望向魚池另一方浮游在水面青萍間的數十隻紅冠水雞，隔一陣時候視線再拉回來，牠也仍在那裡，黃小鷺，以及遙遠明亮的光。

時間，的確是在悄悄流過。水中的雲影隨時在變化。池旁某處的一隻青蛙時不時就會突如其來地大聲叫喚一次。一些麻雀好幾次成群飛來，在一棵柳樹上跳躍喧鬧一時，隨即又唧唧喳喳著一起飛逝得毫無蹤影。一個在附近為採果之後的釋迦樹修剪枝葉的人，完工之後，正坐在田園邊休息。然而我回頭，看見黃小鷺似乎還是保持著原來的身姿，仍然在水邊的光線裡。

之間

我沿著潭邊散步到一處淺灣附近，發現一隻小白鷺高高蹲踞在低地禾草間唯一的一小叢綠竹最頂端，招搖特出，但似又閒散逍遙，一副無所在意和用心的樣子，另外還有一隻，與牠距隔十餘丈，相形隱密，掩藏在靠近水邊的草葉中，露出的頭頸部，伸引成大彎鉤狀，望向遼闊的水面。

近處的水面上，另有兩隻小鸊鷉，也互隔著一段距離，各自不時地倏忽一低頭就潛入水裡去，好幾秒鐘之後才又在難以預料的方位浮出來，如此時歇時續地一再時隱時現，好像不願停止的快樂遊戲。載客遊潭的一艘汽艇從離岸不遠處的水面疾馳彎掠而過，水波一陣接一陣盪至岸邊，水草濺動搖晃。一隻細長的小舟斜切過較遠處的潭中央，筆直地朝右前方的對岸穩定前進。可能是在作比賽的操練吧，舟上的兩個人一前一後坐著，雙手握持的雙頭槳，左右輪流反覆起落，動作極為一致，節奏流暢，安靜無聲。小舟有如一截黝黑的木棍狀的生物，貼著寒氣閃爍的灰綠色水面，輕快而堅毅地滑行，向著遠方對岸走動著微小人車的遊憩碼頭一直前進。

我在岸邊土堤上坐下來。我確定那兩隻小白鷺也必然分明看到我了，但牠們仍保持著原來的姿勢，不知道在想些什麼。有好一陣子，在牠們後面的雜樹林內，有人可能是透過手機在說話，高亢急切的聲音，間或參夾了斥責和哀嘆，穿過牠們處身的那一片草地和水域，來到我的耳邊。也曾經有一次，一隻蒼鷺聒聒叫喊著降落在牠們之間的草澤上，但沒多久又倉促飛走了。兩隻小白鷺卻仍然一直旁若無人無物，帶著些漠然的神色，不知道在想些什麼。

然而，牠們是有在想著什麼嗎？

或者說，我，我也在想著什麼嗎？

晚冬淡薄的陽光從稀疏的雲層滲透下來。日影紛紛浮動，在水面上，在環潭四周低矮起伏的的山丘上，在樹林裡和各種草葉間，也在那兩隻好像一直動也不動的鷺鷥及另兩隻一直動個不停的小鸊鷉的身軀上。這些鳥隻，水上人們的不同活動，這些山水景色，包括我這時坐在岸邊，相互之間好像有著一定的距離，並且各行其是，然而這之間，好像也有一個什麼隱密的東西貫穿和呼應著，有一種超乎意志的關係，隱約游移在這冬日微冷的空氣裡。

潭心上方的天空上，分隔成前後兩對的四隻難以辨識的鳥，以同樣的大波浪狀，快速地越飛越高，像葉子在風中不斷飄捲而去，而終於溶入了那雲山共一色的遠天裡。

角落

農路旁的一長排豔紫荊，入冬之後，花開得正燦爛。粉紅暈紫的顏色在綠葉間恣縱綻放，沿路一直伸入有些灰濛陰沉的田野遠處，在這個寒日裡，像是一種溫暖的撩撥或安慰。我走在樹下，有時會看到少數的幾隻蜜蜂分別停歇在一些花朵內，在那淺黃色的一雌五雄的細長蕊心之間，久久專注不動，偶爾才稍稍轉換一下姿勢。而每當牠們突然間起身飛離開了，我恍惚覺得，那整朵花，從花心到五片鮮豔的大花瓣，甚至於整個大地，都微微顫抖了一下子。

這一帶放養了蜆仔和吳郭魚的水產養殖區，池塘一大片一大片，其間縱橫分隔著的土堤上，長滿了禾芒莎蕨之科屬的野草，蓬散蕪雜。有一些白鷺，或成群或單隻，逗留在好幾處草叢中，常若茫茫然昂首長久張望，有時候也許拍撲幾下翅膀，躍移個位置，並且發出粗啞的呱呱叫聲，這當中或許會有一隻也不知道什麼緣故，就獨自慢慢飛越過一小段距離，越過水面，降落到另一處堤岸去了。

一輛小貨車停放在豔紫荊花樹旁的一道土堤緩坡上，車尾傾斜向下，幾乎接觸著水面。一對應該是夫妻的中年男女，臀部以下泡在水裡，慢慢地把五六簍裝了蜆仔的四方形藍色塑膠籃浮推向岸邊，然後再合力一一抬至車上。水從籃子下潺潺滴落。他們穿著雨褲和防水圍兜，但露出的衣服早已濕了。男的抽了一根菸，說了幾句話，然後和女人一起上車。

小貨車從我身旁經過。一些原已散落在路邊的葉子和花朵簌簌一陣吹動。車子循著豔紫荊的花樹一路而去，然後跨過大排水溝上方的石橋之後，一個轉彎，就不見了。車聲也逐漸微弱，以至於聽不到了。但是來自周圍的一些養殖池裡，馬達轉動螺旋槳的葉片搧打著水面的聲音，有的遠有的近，一起混合成模糊的噗噗砰砰的悶響，低沉壓抑，好像從古老土地本身的深處發出的呼鳴聲，一直迴盪在天地間，隨著那些灰薄的不很明亮的大氣四處瀰漫。田野遠處，一些房舍或工寮，分散獨立，低低的，在雲天下，在好像含帶著許多微細粒子的霾氣中，很安靜。

我繼續在豔紫荊的行道樹下行走，繼續尋找在花蕊中工作的蜜蜂。有一種隱約的香氣，一直在四周圍，在這個大地的角落。

轉換

早晨新生的陽光照在兩排十幾棵長得很好的小葉欖仁樹上。我在三樓頂的陽台向下望，看見細密的葉子隱隱含蓄著油亮的光，尤其是那些嫩葉，綠中泛著鮮黃，在初春沁冷的空氣裡，微微抖擻，有一種很細緻又脆弱的質感，也有一種漸入青春的不可遏抑的張揚的美麗。

上課的時間就要到了，學生們或步行或騎腳踏車，從不同的路徑零星陸續地向著這附近的幾棟教學大樓集中。他們的身影在小葉欖仁的枝葉空隙下忽隱忽現；他們互相打招呼或交談的說話聲，或是笑聲，以及腳踏車偶爾的鈴聲和煞車時嘎咯的聲響，在層層茂密掩映的枝葉底下自由地穿梭移動，並且從中飄越而上，在樹頂上的大氣裡模糊遊蕩，聽起來

不很清楚，但似乎總帶著些輕快的氣息。

或許這其中也有我班上學生的聲音吧，或許他們正在上樓，然後進入小教室。今早的三小時，我們將一起討論他們的兩篇作品。繳齊的作品共八篇，以他們自己商定的「不見了」為主題，我都仔細看了。題材有夢囈幻影，有生活裡的真實。想像創造，象徵比喻，描述細節，遊戲形式，推敲潤飾和裁剪，在努力表演中，似乎也都在殷殷索答，對於一些生之困惑。的確是在用力的。雖然時顯蕪蔓或輕狂招搖，甚至於只是浮薄的賣弄和耽溺，但也如正在成長中的品類互異的樹，枝柎敍趄舒展，葉子一片接一片慢慢滋生，好像也各有了約略的模樣姿勢和趣味，各有一些花樣。

然而我也不免納悶，這麼用功在文字演練，這其中，有要表達什麼東西，有要承載什麼道理嗎？

這時我站在樓頂，這也讓我想到了對於所謂下層建築與上層建築之間關係長久以來的各種說法，想到若干理論間的一些辯難。在各有執著之間，在論斷和遲疑之間，是不是要急於宣揚或規範自以為是的義理，或者就讓猶豫或大膽尋索的過程也成為一種意義？

這時我站在樓頂。人語車聲轉稀疏了，彷彿逐漸沉澱在繁茂的枝葉裡，或像隨著漸熱的陽光蒸發而去。小葉欖仁樹叢對面的一些建築物，在清亮的光線照耀下，安安靜靜的；建築的樣式和原來那些或灰或赭紅或墨綠的色彩，因歷經了一段歲月時日而有了一種質地轉換，一種時間的厚度。這些形色和整個輪廓和遠方襯映著的山巒雲彩，自有它們的和諧和秩序。

憤怒

這一篇稿子照例是兩天前就要繳交的；我預定將循著這一系列過去十幾篇成形的題材和脈絡，避開那些往往令人苦悶的現實，甚至於想要解放那沉重的用世之心，任性遊蕩，踽踽行走，往一些安靜僻遠的地方，隨遇觀看或搜尋，或者也不曾刻意搜尋，僅讓偶然來到眼前的一些光影就那樣輕輕地在心中變化掩映，無聲消長，包括拂過身旁的風，以及一些花草鳥禽和人們，留下若干印象，感覺一些小小的抽象又真確的只屬於個人的喜悅和美的東西，並且告訴自己，讓文字記述的，頂多就只是這樣的一個親近和尋索的過程，一個從熱鬧趨附的中心出走或放逐的過程，不要急於去說什麼自以為是的道理，更沒有訓誡，讓它是自然的流露，不是宣揚或展示。但是隨著一場大選舉日的逼近，我的心神卻逐漸不得安寧起來了，好像又回到往昔曾參與經歷的那一長段時日裡，情緒不時被牽繫簸弄著，感動，興奮，擔憂，生氣，起起伏伏，有如水草隨著海底晃過來晃過去的水流飄搖不定，不由自主，但又在那當中，瞥見隱約卻強大的光，穿透重壓著的深厚水域，從似遠又近的海面照射而來，在眾多人群的相信和堅持中，在他們的臉孔神色中，粲粲然看見希望。面對電腦螢幕，游標不斷閃爍，我的思索和感情一直無法集中。我安慰自己，就等選舉過後，我再回來書寫好了，回來，在光影之間，獨自與某些印象放心遊戲，試著捕捉和把握輕盈和悠遠。

然而這時，我卻好像暫時不得脫身了。甚至陷入一種很深的悲哀和憤怒裡。一些人，他們已經聚集在廣場上二十幾個小時了，喧囂，嘶吼，咒罵。一些人，他們長期以來一直是這個島嶼上諸種問題的製造者，進步改革的阻礙者，他們以為還有機會可以長期霸占統治的高位，繼續任意糟蹋這一塊土地，奴役善良沉默的人民。一些人，他們長期將衣食和價值依附在一個獨裁勢力底下，像缺少尊嚴的禿鷹，成為不知愧疚的共犯。「十八歲就加入國民黨／彷彿是生平最丟臉的事」，這是一個詩人的詩句。所有的這些人，如今，竟然大言不慚地大談正義與公理的問題。我為他們感到可恥。在他們的嘴臉和堂皇語言中，我發現，這些人他們長時棲存心中的對我們的輕蔑鄙視和欺侮，發現權力慾望的操弄和褻瀆，他們的懦弱和盲目，醜陋和邪惡。他們在一場賽事中輸了，於是屁面耍賴，蠻橫地喧鬧翻桌衝撞，要撕裂一切，搗毀一切。他們從來不曾認為對方有勝利的資格。而我們，似乎也得，繼續壓抑心中一直深沉沸騰著的鬱卒和憤怒。

遠與近

河水斜流入海。從河的南岸臨海凸起的台地上，可以很清楚看見弧線優美的大海灣，以及寬闊和緩的河床外，由海灣後面迤延至遠方高大起伏的山脈下的沖積平原。十幾萬人居住生活的小城，就在那山海包繞的土地上。這時，在上升的太陽下，在間雜著的一些灰灰綠綠的植物當中，那一帶所有高低不一的建築物，披散錯置，遠望之下，有如揉皺了之後再攤展開來的一張褪色的薄紙頁，摺縮在高聳的山巒腳下，很微小的，既聽不到聲音，也看不見任何活動的跡象。十幾萬人日常的汲汲營生，所有的熱切蠢動的慾望嗔癡，這時隔著遙遠的距離瞭望，好像都不存在，飄忽渺渺。只有那山脈，那些綿密籠罩在山頭的厚實白雲，天空，以及大海和不停地衝吼拍打著的海浪聲，才是真實的。

河對岸的海邊礫石灘上，則仍有人的形影。其中一個，面對著波浪不斷襲岸的大海在釣魚，其他五六個，有時會靠近聚合在一起，像是在交談的樣子。甚至還有三部車子和兩頂用藍白條相間的塑膠布搭起的帳棚。有一陣子，那附近忽然冒出了濃濃褐黑的煙，但不久又散了。這一切，我不知道是什麼意思。

然而，這當中，應該是有什麼意思的吧。只是由於距離，我無法看得真切，難以理解。

我無法理解的，還有那些站在河邊淺水中的小白鷺。牠們總共十七隻，原本長時一直靜靜站立著，約略聚在一處，但不知道什麼原因，有如相約好了似的，一時間又忽然全部散開了，而且朝著同一個方向，朝著出海口一步一步地慢慢走，一邊偶爾低頭覓食。

風很大，一波波白色的浪前仆後繼，生了又滅，滅了又生。轟轟然的聲音一直在台地上盤旋，似永恆。台地角落有一座圓形的碉堡，已荒廢多時了，底層被土石掩埋了可能有三分之一。外牆的灰泥，潮褐斑駁，從中還隱約散發著尿騷味。一些瓶罐零星棄置。但有三五叢鹽酸草躲在避風的角落，安靜而細緻地開著柔黃鮮嫩的小花。我蹲下來，近身仔細看它們那些葉子、花瓣、細蕊在風中不時微微顫動的模樣。

四周仍然是不絕於耳的海浪聲。一個開車來了的女人，走入那林投和黃槿交雜密長的斜坡邊的一座土地公廟。在我仍在端詳著鹽酸草時，她又開車走了。我走到廟前，看到廟門兩旁的對聯寫著：天高日月明；廟小乾坤大。在坡頂的小山頭上，是一個衛兵在瞭望塔內看海的身影。

快與慢

列車長在月台上收走了我和一位婦人的車票，然後轉身，向著從三節車廂最前方探出頭來的司機揮手示意，於是電聯車又開走了。那藍灰色的軀體，像蠕動著直竄的沒有表情的生物，穿過兩旁的田野，迅速遠去，伴隨那漸遠漸弱的的轟隆轟隆聲，而終於消逝了。平行伸向兩端而也終於隱沒在極遠處的鐵軌，那沉重的鏽褐色，在這一陣突來的熱烈聲響又完全歸於安靜以後，似乎格外的瘖啞，夾在那些一路而去的雜草灌木叢或作物間，兀自反射著薄薄的天光。

和我同時下車的那一位婦人已經離開。月台空蕩蕩，只站立著幾根已無燈管的水泥燈柱。月台和車站方形建築物之間，有好幾棵土芭樂叢稀疏地結了看起來還生澀的小果實。一隻母雞蹲伏在黃金椰子和變葉木間的底下，不時歪頭打量我。一些蝶蛾在這當中上上下下地翩翩飛舞。遠方某處傳來像是鐵器敲打什麼物體的聲音，悶悶的，好像是掙扎著用了很多力氣才好不容易穿過重重包覆和阻礙著的整個大氣，在車站附近迴盪。

這是一個無人看管的車站。沒有時刻表，也沒有時鐘。售票口從裡面用一片木板封住。玻璃窗破了好幾處。牆面的油漆大面剝落，很多灰糊的水痕。時間好像停留在很久以前，好像一切都落後了。站前小廣場邊的一座噴水池內沒有水；池中央一些堆疊著的石塊頂上，昂首站立著一尾水泥砌的大鯉魚，魚身上還殘留著若干猶未褪落盡的斑斑色彩，嘴巴一直張大著，望向天空。

站前旁邊的一間雜貨店門外的茄冬樹下，一個小男孩坐在可摺疊的小桌椅上，低頭寫小學的作業。我湊近去看。他每一個字重複寫一行，很工整的。我跟他說，哇，很漂亮耶。我們相視笑一笑。一位老婦人從內部幽暗的店內走出來。我向她買了一瓶水。她說起這個車站改為只停靠慢車已好幾年，站務員因此也撤走了，現在車班一天四次，搭乘的大都是通學生。

我在簷下的長條椅上坐下來休息。老婦人走回店內，可能回去繼續看電視吧；通俗連續劇裡他人人生的一些誇張對白，起起落落，一直在屋內某個我看不到的角落裡嗡嗡響。一些麻雀在樹上不時叫喚。有一班快車轟轟不停地快速駛過。我想起記憶深處曾經歷過的一些小車站，一些模糊的聲音和人的臉孔和物事。都有如幻影。那男孩，依然專心在慢慢寫字。

輕與重

早上還沒七點，他就開著一台老舊的中型卡車，載著挖土機來了。我問，怎麼這麼早。他說，都是這樣啊，五月時，天早早就光了，看會到，當然就應該工作了。他與我一邊再次確認工作的內容，一邊爬到車上以三兩個俐落的動作使挖土機落至地面上，接著就將它開往屋後遠處的工地去了。我回到屋裡洗臉刷牙的當中，挖土機嗡嗡轟轟響個不停，間或還有不時突然幾下子連續的喀隆聲，全部攪動著，好像一直從四面八方包圍著屋子，並且穿過牆壁，在室內悶悶充斥，使空氣裡變得頗為混沌沉重。

平常這個時候，總還可以從室內聽到鳥的叫聲，或遠或近，總辨識得出至少三五種。但現在噪音洶湧，掩蓋了一切。我隨後坐在桌邊喝著咖啡吃烤吐司，心緒像是也在隨之動搖，因此一時曾覺得，這個早晨的這個世界，是經由這個重機械和它吵雜的聲音在推動運轉著的。

但又似乎不是如此。

窗外的陽光依然安靜。五葉松的影子斜躺在三六石鋪成的地面上，影子外圍細針狀的部分，因風輕晃，也是安靜的。有好一陣子，兩隻麻雀忽然飛掠至窗外的屋簷下，急速地互相追逐逗弄，數次輕盈翻躍起落，像是在嬉戲，然後忽然停止，一起扒貼著一片直立的牆面，頭上腳下地左顧右盼一會兒，接著又在忽然間一個旋身，飛走了。

我走出屋外去現場時，才發現他和挖土機的工作效率，實在有點驚人，大大出乎我的預想。北面地界的邊坡上，已經用石頭很整齊地堆疊出將近十米長的擋土牆了。挖土機的引擎不斷嗡轟響，機械手臂的前臂和劗斗反覆地在昨天運來的石頭堆與邊坡之間來回轉動。

難怪它俗稱為怪手。

那劏斗，加上前緣凸出的一式五支斗齒，實在像極了人的手掌。先是那手指在壘壘的大小石頭當中輕輕幾下挑撥耙選，選定其中一顆，劏入手掌內，有時並順勢抖落當中夾雜起的不適用者，接著抬高整隻手臂，轉動和伸展，或者有時驅動履帶前行，將石頭運至定位，然後輕輕放下，小心調整安置的方位，最後再屈起掌背壓在石頭上，並慢慢灌注力量將石頭向下壓實。這樣的過程，一再重複進行，來來回回。這時，我也才發現到，在想來粗重而猛烈的動作裡，竟然包含著極為細膩輕柔的部分。

而他，一直坐在履帶上方時時隨著機械手臂的運作而轉動的駕駛室內，眼神專注前方，兩手不時推拉操縱桿，嘴裡不時嚼著檳榔，久曬褐黑而粗糙的臉孔有如某類堅硬多褶皺的岩塊，和他的整台挖土機一起，剪影簡單、具體而實在，有一種很迷人的特別的氣質。挖土機的聲音，此時聽起來，好像自有它的節奏，生氣蓬勃。

野地神父

我開了近一個小時的車，然後彎過一座窄橋循著鄉道進入部落到達喪禮的場地時，告別式已經開始了。臨時的遮棚搭在路旁矮坡坎上的戶外小空地裡。大約二三十個人坐在棚下的塑膠椅子上，一起面對著一位外國神父，安安靜靜聽他講話。我在後頭要找個位子坐下來時，才忽然意識到，神父講的話，竟然，用的主要都是當地的原住民語。

頗為訝異地，甚至帶著些驚喜的心情，我一直望著他，看到他時而低頭時而兩眼輕輕移動看著在座的人們或偶爾定定地凝視遠方。四月早晨的陽光，經由膠布遮棚的過濾之後，輕輕地均勻落在他的臉龐和白色長袍上。他站立著的身影直挺挺的，背後是稍微下斜的多處狀似廢耕中的墾植地和其間錯落分布的一些低矮房舍。小山丘橫臥起伏在更遠處。一些浮雲也在他背後的藍天裡。沿著空地邊緣種植的一排茂盛綻開的孤挺花，或白或紅的兩種顏色，燦爛地點綴在他身旁。

神父說的話，可能包括讀經、祈禱、詠唱吧，使用的這裡的原住民語言，我完全聽不懂。但是從當中夾雜的一些普通話裡，我可以聽到天主、塵世、重聚、希望、相通、安慰之類的字眼，也約略推測他談到了死亡不能使我們分離或挫折的事。無非就是這一類的道理。他說話的語氣也顯得緩慢平淡，沒什麼很大的揚抑波動。然而逐漸地我好像被他的話帶著走，覺得他那微微帶著異國口音的腔調，以及其中明顯跳躍著的一些他認真想要去發得準確的捲舌母音，整個的就像一首緩慢抒情的樂曲，音符乾淨卻又圓潤，而那旋律，時而反覆如賦格，彷彿來自遙遠的帶著濕意的曠野，然後飄洋過海，來到這個僻遠寂寥的山間小村子裡，在這個微冷的早晨，和晨光一起過濾之後，在我們這群相聚的人們當中，和我們相伴，像海浪一波接著一波，安靜地洗著我們的身體。

我看到他高高的額頭上細細的汗珠在他低首抬頭之間閃爍著小小的亮光。

而我那一位喪父的原住民年輕朋友，這時坐在最前面的位子，也是時而低首時而抬頭看著神父。我從斜側面看過去，他的臉上似乎見不到我記憶裡的那種常喜歡自我調侃的戲謔表情，但也好像沒顯出特別的哀傷，只有類似於某種野地裡的小動物有點迷惘地佇候著一場大風雨的來臨和結束時的神色。

我的小葉欖仁

今年入夏之後，屋後院子裡的五棵小葉欖仁樹，越來越顯得有模有樣了。作為唯一主軸的挺直樹幹上，每隔一段明顯的高度才向著四面近乎水平地披展而出的枝葉，一層層，最寬的，已約有近二米的直徑範圍，濃密熟綠，而當風吹葉動，或輕微起伏，或激烈翻盪，常如波浪。我往往從餐廳，透過玻璃窗，看著它們搖擺的姿態，判定當下室外風的大小和方向，或者看它們在烈日的熱氣中安靜成長。

它們都是前年冬末建造農舍將完工時我親自種的。其中，朋友原本贈送了六棵，來的時候，幹僅小指粗，側生的小枝小葉幾乎盡去，而且不帶土柱，所以最後僅活存兩棵。另外三棵，購自苗圃，稍高稍大，培養在便於移植的所謂「美植袋」裡。定植前，我曾用捲尺慎重再三地為它們丈量彼此之間的關係距離，審度落戶的位置，然後挖穴、埋放堆肥。就在當時，以及往後經常為它們澆水鋤草時，我就希望，在園子裡，在那些柑橘龍眼芒果桑椹等等食用果樹以外，在樹形外放的樟欒之屬以外，在本地樹種以外，能有這些小葉欖仁作為點綴和互補，呈示相異的姿勢和氣質。我想像，也許三五年後吧，等它們成林，人就可以在一片遮蔭的涼爽中歇息坐臥或走動，感受光影細碎晃漾的慰藉，聽見或許不時唏嗦的輕聲微語。我甚至於早已在樹緣的地面安置了一盞可以移動的照明設備，想像著將來的夜晚當燈光投射在那些既井然交錯又自由舒展疊覆的層次間，明暗也層疊輝映著，所有的那些秀氣的枝葉在黑色的小風中疾徐不定地搖動的景致。

就這樣，一年多，我注意到它們隨著季節的轉換而變化；葉子成長之後掉落淨盡然後又分枝長葉，變得更細更密，而它們個別和相互之間，都逐漸儼然有了一個獨特的秩序和結構。這時節，這五棵小葉欖仁，和它們底下幾叢野生的龍葵（這是我刻意保留而沒去除的，其嫩葉用來煮稀飯煮湯或青炒，都有很特殊的淡淡的苦澀味），和沿著菱形網圍籬種成一排的金露花（我上個月曾再度為它們修剪，此時嫩黃的新葉又紛紛冒出了），和攀爬在圍籬上的兩株百香果（栽種還未滿半年，不久前卻意外收成過三顆果實），以及籬外隔著灌溉溝渠再過去的一些種了田菁作為綠肥的田野，以及香蕉園，以及一處茄冬園，這些植物的生命，形貌姿態各異，卻一樣地恣肆生長，一起掩映著若干人家疏落的或紅或灰的屋頂，在西邊不遠處那些高大山巒的屏衛之下，在天地之間，自成一個可親的系統。

我偶爾從室內抬頭望著這個天地，或是向晚時分，鋤草整地澆水之類的勞動告一段落，我在屋後坐下來休息，經常看見一些鳥，尤其是麻雀和烏頭翁，或單隻或二三隻或成群，在眼前小葉欖仁細緻的枝葉中棲止跳躍，或者吱吱喳喳地飛走了掠過了。有好幾次也曾見到紅鳩和八哥來樹下散步。然後也許那幾隻愛玩的虎斑小土狗就跑過來把牠們趕走了，只留下三五隻小黃蝶繼續在低矮的草叢上疾徐不定地起落飛舞，有如不停跳躍的音符。

這些時候，溝渠裡的水聲隱約，浮雲在遠方的山頭，而我也總覺得，日子這樣就可以了。

輯二 凝望

一種日子

半夜裡下了一場雨。他被雨聲叫醒一段時間之後又睡了。隔早卻是一個大好天。躺在床上，他看到陽光和樹葉的影子，在半闔著窗簾的木格子玻璃上恣縱嬉戲。光影甚至深入室內，在褪色泛黃的衣櫥紙門上不停地晃呀晃，含著雨後草木流入的香氣。他試著要分辨那些影子屬於龍眼樹、楊桃樹或巴吉魯，但是根本搞不清。他只能確定此時的楊桃樹上正有幾隻烏頭翁在唱歌，後來又飛往屋後的桑樹去。

他想起昨夜雨聲從這間老木屋的舊瓦片間傳入之後在黑暗的室內嗡嗡震盪的回響，以及屋簷水急緩有致地在巴吉魯大落葉上的敲打。尤其是後來雨勢轉小後，簷滴聲聲分明，似遠又近。他記得，曾在雨中想到從大城市搬到這個海邊小鎮的一個多月前過往的一些日子，想到生命的消逝、嗔癡、幸福、隱與入之類的事。似乎也都沒什麼結論。後來就再睡著了。

又是另一個日子。

他聽到妻子送女兒上學，順手扣上柴門的聲音，然後是隔壁賣菜的奧吉桑推著板車走出七里香圍籬的聲音；他在巷子盡頭向左轉，車輪的軋軋聲就漸漸小了。然後送報紙的女孩從反方向過來；每到一戶人家的門口，她的機車就噗噗噗地停下來一陣子，全巷子裡的狗吠則全程互相呼應。他知道，這時大約是七點半了。

他想了一會兒今天要做的事，然後起床。小院子的地上濕濕涼涼的。落葉處處。附長在龍眼樹灰黑深皺紋枝幹上的一些伏石蕨，朝氣煥發，細葉上的小水珠閃爍著光。一個人頭正沿著樹葉下方的圍牆上緣慢慢移動而過。他好幾次彎身，撿起門徑上的幾片巴吉魯的葉子，抬頭時，總是看到交錯的屋頂後方遠處，綿延護衛著的高大的山，好像，一直在對著他默默凝視。

追尋

他在山腳下照自己想要的樣式近乎自力地蓋了幾間茅屋，屋前大片的草坡向東微斜，外緣圍著一帶雜密的荊棘林，林上方是海和天空。每間屋子都開置了大大的門和窗子，框著草地、矮樹、海、天空和從屋簷垂下的細密的茅草尖——隨著時光走動而不時輝映著不同光影的單純風景。當他在室內讀書或寫字時，偶爾抬起頭來，有時看到其中站著鄰居的一隻牛或幾隻雞，或掠過三、兩隻燕子，或是有一隻烏秋或番鵲貼著海，遠遠地站在突出於荊棘叢上的某些粿樹葉的裸枝頂上。

有時走過的是一片雲或是光著腳的他的妻子或孩子。全是那麼明淨而甜蜜，一如他的心。連屋內角落裡的一些器物，如棉被、小竹架、石頭，也都更加洋溢著氣質。

他於是有時就轉而專心瀏覽起這些事物，讓心中的驚喜慢慢沉澱，同時思索著一些事。陽光也慢慢地從室內移向門檻外。他彷彿若有所悟。

他一直也很喜歡彈鋼琴。他彈琴是無師自摸索的，常為兩三個小節反覆練習，捕捉流動其中的真意。音符或弦律震顫著，滲透出茅草的屋壁，自在素樸地在草上擴散，一如他懸掛在後門外而經常隨風微動的那一大塊藍底大白花的蠟染布一樣。

然而那琴聲，有時竟然似乎也還透露著一位中年人的幾許疲乏和困惑。

他曾經是一位所謂的激進分子，多年前鼓動過多次學潮。現在卻有人說他退縮保守甚至於反動了。或許他只是不再喜歡集體的熱狂而已；他以個人的方式實踐著對某些流行價值和秩序的顛覆。他追尋著來到海邊，安頓於此，縱情其中，夜裡躺下來，就像躺在幽幽搖盪的大海上，雖然除了欣喜之外，有時不免也會閃現過一些疑懼。

黑暗之光

臨睡前，他到五樓的陽台上靜一下。他反手關起樓梯間木門的時候，忽然覺得屋頂的樓板如一層絕緣體，一時就將他從一天之中人際的牽扯和擔待裡隔離出來，並讓他躍入一個可以俯瞰一些習常事物的隱密邊緣。

平視過去，天空濃濃灰黑，但也還微帶著藍色調，間或擱著一些淺灰色塊的暗雲，全面如古舊的黑銅大盤子，覆蓋了幾乎盡在他視線之下的他生活其中的小城。這個城市的格局，這時看來，是由遠近不一的各式窗口的光、街燈、閃爍的招牌、流動的車燈和模糊交錯的屋頂線組成的，彷彿是一個不太真實且有點疲乏的架構。

風夾著淡淡的鹹味，從另一個方向的海洋緩緩吹來。他看到東北面遠方每隔一會兒就很規律地在黑暗中閃亮一次的光，以及在那閃光外一小片密集不動的燈火。他知道那是港口。白天的時候，他曾從這個屋頂的位置看到港灣的一角水面在兩條街和更遠的一段斜坡外，卻不曾認真的打量過它的形勢。此時他好像反而可以看進那黑暗的深處去。他在黑夜裡想像那伸入海中的防波堤以及堤尾佇立的燈塔的樣子。他推斷那密集的燈光是一艘不知何故而必須暫泊港外的貨輪。他甚至於揣測起船上人員飄泊的心情。

然後他看到一點微光從黑色的港內慢慢移動而出，在塔燈閃亮時消失了三次，接著繼續移向港外，到達那艘貨輪的上方之後，似乎轉向遠去，並轉小了。他認定那是一隻漁船或只是塑膠筏。

他的視線一直跟蹤著那一點亮光。當它終於完全不見時，他的那一顆不安的靈魂好像也縮成一小團，隨之溶入那全面的黑暗裡。他聽到在他四周輕輕濺漾的海水聲。

山路

車子駛過市界的大橋，向著海岸與山脈的地區出發時，已近黃昏。雨雲滿天，海面也不見平時的亮藍。但他仍為這一趟想望了一些時日的旅行感到歡喜。他放了一卷高音薩克斯風與提琴協奏的錄音帶，讓它反覆地唱。也讓車慢慢跑。

這條路，他曾走過幾次，而這一次他更也不急於趕赴什麼一定的目的地。晚上大概就隨便找個海邊露宿。明早也許到一百多公里外的一個小鎮去，據說那裡清晨熱鬧異常，唯一的一條街道上會擠滿了從那海岸附近各山區部落來作買賣的人。回程時可能會去一個河口看這個時節經常飛臨的少數候鳥，並等候記憶中落日從山頂灑在大片河水上的餘暉景致。最主要的，他只是想給自己放個假而已。

山路迢遙。經過一大段形貌獰惡且常崩塌的土石質斷崖後，路標寫著連續彎路三十六公里；路將迂迴著越過一處散漫的稜脈。

灰沉沉的天色漸濃，模糊了不斷飛逝的樹林、坡地、零星小聚落、獨立屋、或遠或近或時而消失的海。車子隨路的彎曲升降不停地遊移起伏。他開始覺得自己像是坐在一隻小船上，或似孤獨的鳥緩緩拍翼翺翔，在遍覆於天地間的蒼茫大氣裡浮盪，和這幾乎無人的山野一起呼吸著其中的濕涼寂靜。

他耽溺於這樣的感覺裡。

薩克斯風與弦樂一直兀自在他身旁互相傾訴，好像那樂聲也是從這個向晚的山野發出的，帶著幾分美，幾分的哀愁，和偶爾升拔起的幾分燦爛激昂。

他有時察覺到里程牌一個個過去。四十七。五十。五十一……。路像是無盡的。時間也是。他打亮車燈。雨開始細細地下起來了。

憂鬱的海

從防風林的小徑走出來，經過無人的崗哨之後，就是海了。海灘沒有人。木麻黃林外緣，那一座鐵皮頂的遮棚也是空的。棚下大水柴的支柱和麻繩吊床構成的暗色幾何線條，所襯映著的，先是白色的沙丘，接著是礫石壘壘的潮間帶，然後是湧動的海洋。

遮棚是那些受僱捕魚的「海腳仔」休息和等待出海的地方。幾個月前，他無意間初次來到這個海岸，看到他們總共三個人正在棚下等出海，其中兩個彎躺在微晃的吊床上抽菸，一個坐在小火堆邊烤魚，三不五時，拿起望遠鏡，瞭望千餘公尺外定置漁場的動靜。他們邀他一起吃魚和喝酒，並且跟他說了一些海上的故事，包括若干有趣又特別的討生活的知識和規矩。

終於看到逐漸有魚偶爾躍出水面時，他們起身，開始快速行動。他也湊腳手，幫他們把膠筏從沙灘推向水邊，等候到一波適當的湧浪時，順勢使筏子衝入海裡去。筏子在水中幾個起落之後，很快遠離。

他回到遮棚下，繼續看海。目光努力搜尋的時候，可以勉強看見他們的膠筏像是被湛藍的海水不斷撥弄搖撼著的一小片灰色竹葉子。他回味著他們笑談起的他們在海上的事。沒等到他們回航，他就帶著一些掛念離開了。

他這一次刻意再來這裡，原以為能與他們重逢，卻反而沒遇著。他不知道他們在哪裡。也許出海去了，也許在家裡。但他也不知道自己又想確知什麼。彼此偶然相遇，似好玩又認真地說了一些話，隨後分別離去。連再見的隨口諾言也不曾有。就是如此吧了。

他在他們的吊床上躺下來。在微微的風聲和潮聲中，他好像仍聽得見他們的話語，看得見他們說話的樣子。他側身望向海面。藍色的海水閃著銀光，渺渺茫茫，這時看起來，確實是憂鬱的，而海潮拍岸，一陣接著一陣，反覆不停，又是何其呆滯無聊啊。

早晨感覺

天將亮未亮時，他就醒了。帳篷外的海浪一陣陣呼吼，聲音沿著南北向的海岸線疾走起落。後方山坡某處的數隻雞間歇啼應了幾聲之後，他坐起身，拉開面海的帳篷口。

暗濛濛一片，看不出大概只在五十公尺外的水陸分界，也難以分清海與遠天。仔細凝視時，卻見到直對著東方有一小片海面如半凝固的黯灰色岩漿在微微盪動，浮漾著鐵屑般的粼粼深黑紋。整個和習常對海的印象及概念很不相同。他端坐著，看這樣的海。

在黑暗潮聲的無限寂靜中，他漸漸有了一種虔誠感，以及一種與什麼莊嚴又幽微的事物同在當場的喜悅。

這是他很久以來的第一個早晨；通常總是一覺醒來，面對的是已成事實並使人來不及思索即得匆匆隨著大家投入的大白天，每天都一樣的大白天。

現在，他卻在白天到達之前就預備好自己了。他意識到時間的滲透和飛翔，看見了色彩的過渡，光的擴散。日子正從長夜中走出，走過天空海洋大地，來到他心中，極其細緻，極其從容，但又極其不可阻遏的。

他曾尋思著一些詞句和意象，想用來描述這萬物浮露成形的過程，但隨即愉快地放棄了。他斷定此時此刻周遭的美麗與神奇畢竟只能屬於他個人，難加言詮或形容與他人分享。他專心去體會那種什麼奧妙事情正在發生的輕快情緒，體會世界和內心正在同時展放、揚升和啟動的感覺。

他走下草坡，沿著潮水線漫步。朝陽下的潮浪更興奮。他有時蹲下來，反覆觀察那海水的氣勢。他想到地球上最初的生命是在海邊誕生的說法。

回顧的河口

退休之後，每隔幾天，他就會騎著腳踏車去郊外，過橋到對岸的河口釣魚。河口的寬度大概有一公里以上吧，但是平常無雨時，真正的水道卻窄至約只十數公尺，其餘的部分都堆積起了壘壘的大卵石，形成一片伸入水中央的長堤。堤外是永遠呼嘯衝濺著的海浪，堤內是好幾頃的平靜水域，彷如大湖。

每次來，他都會察覺到潮汐和海流又使得礫灘脊線的形勢變了樣。若是某次大水過後，河口附近甚至會出現幾處砂丘。

起初，他對這一帶海灣不斷的變貌感到訝異，後來則為這些現象入迷。他開始體會到地球確實是活的。他喜歡坐在礫灘近陸的一角，或是下鉤，或是專心看著海浪拍岸。

有時候，會有些人跌跌撞撞地迎著一波接一波翻湧的海浪撒網捕魚。他們一次又一次地深入浪濤中，然後又退下來。而河水湖上，經常會有人整個下午划著小竹筏，繞行著下網或上網，長槳一左一右地換邊緩緩揮動，起落於泛著光的水面。對岸台地上的遠方是他居住了六十多年的市鎮。

這樣看著的時候，他常覺得自己好像正從一個祕密的角落回顧著世界，回顧著人的生活以及自己的這一輩子，其中的夢想與挫折，有過的驕傲和種種荒唐。他有時就那樣對著海笑了起來。

他於是往往就收拾起釣具，在礫灘上四處散步，或是在入海的水道旁躺下來，閉目諦聽海與河如何匯合在一起的聲音，偶爾側過身軀，看海或是看三、兩隻燕子輕快地貼著安靜的河面飛行。

黃昏他推著車子走向山坡時，大地一片暮色的深處，正稀疏亮起市鎮的燈光。他覺得海和風的歌聲正陪著他走過最後一段回去的路。

遙望

在河口上游挖採砂石的一部怪手，終於完全停止了一下午匡啷吱嘎的聲響時，暮色似乎就很顯然從四周滲染到廣闊的水上來了。潮水也在開始今天的第二度上漲。他看到河面正毫無聲息地在他坐著的石頭堆下慢慢升高。他告訴自己，再等半個鐘頭，趁著天還未全黑，就得下水察看有什麼魚入網。他盼望，這一次會有一些烏魚隨漲起的海水游入河裡。先隨海潮進來的，卻是陣陣濕冷的風。他反身從架設在水邊礫石上的遮棚裡取出一件衣服，披在身上，然後繼續靜靜等候。

遠方河水狹窄的出海口處，有一些人影正在加緊撒網。白色的海浪起起落落，界於銀灰的河水和暗藍的大海間。水道兩旁自然堆積起的卵石凸堤分別向外伸展，連接著陸地，也分隔了河與海。堤內圍起的漫漫河面，這時是靜寂沉沉的。但海浪的聲音卻更顯得無邊無際，總讓他覺得像是他以前在機場附近打工時每天清晨聽到的溫機的引擎聲，有如來自遙遠天邊大地底下不絕的悶吼。

他一直看著河海出口處那些移動的人影。他愈來愈感到他們十分脆弱渺小。

幾隻洋燕悠然快速地低貼著河面飛行。一大群的家燕則在他背後的一大片椰子林上空來回穿梭，一邊不停地叫著。遍布著橫皺紋的河面好像因而變得更寂寥了。他忽然熱切地又想起小時候跟著族人走很長的路，來到這片水域捕魚，然後大家圍聚著烤火煮食唱歌跳舞，並且在搭起的寮棚下過夜的事。

當他恍悟到必須趕緊準備下水時，彷彿又看到那個由海洋、河流和陸地互相撐起的一個愈來愈遙遠的，曾經屬於他們族人的快樂世界。

寂靜的堤

新築的防坡堤直直深入海上。他沿著堤的南側將作為漁船碼頭的長條平台來回漫步，走過一個個狀如草菇的繫纜柱。幾個釣魚人，其中一個由一位孕婦陪伴著，高坐在那些已開始鏽蝕的柱上。海水一波接一波，輕濺著海堤，一再破碎，也一再形成。許多群烏魚苗隨波湧晃起浮在堤防邊，如一陣陣飄過水上的小雨點。

他沿堤來回走。堤盡頭是錯亂堆疊的消波塊，及茫茫遠去的大海，和天空。回身時，面對的則是從岸邊陡起橫立的山巒，和夾在山與水之間的數棟房子。

在漸升的太陽下，青翠的山突露出好幾道全部以同一個角度傾斜的岩層脊稜，嚴峻而蒼老，彷彿遠古以來就那樣不動聲色地俯視腳下零星脆弱的房舍。而海，從另一個方向不停地翻淘著礫石和土地。一部停工休息中的吊車，將一支大吊桿撐向空中，吊鉤高高虛懸，好像要和灰藍的天爭論什麼。但在陽光下，在吼叫的海水聲中，卻更顯得瘖啞和寂寥。他看到他駐守的檢查所，也在山脈和吊桿的重壓下，在兩棵粿葉樹的後面只露出一小片灰褐的屋頂。

他在堤防邊坐下來，隨便看著水面下烏魚的晃動和整個尚未完工的無船港灣。所有的釣魚人也都在孤獨地安靜看海。為丈夫撐著大陽傘的那位孕婦也是。海水不斷拍岸。陽光愈強烈了。他感覺到空氣裡的窒悶味。

三個小孩走進小港澳對岸那一小灘閃爍著白色亮光的沙丘。他們脫光衣服之後隨即衝入海裡去。小小的身影在水裡浮沉。他似乎可以聽見他們愈來愈清楚的笑聲。他站起來，往岸邊走。他覺得自己也應該加入他們，笑鬧一番。

海角

陡起的台地俯瞰著海灣，長了密密的草。入秋以後，風就開始大了，草轉黃。草尖在崖端時時騷擾著海天的藍。只有在最遠處半圍起海灣的大山斷崖，才是永遠肅穆靜定的。危峭的斷崖因遠距離而不顯得嚇人，常呈粉粉的黛藍，雍容威儀地鎮坐在海面上，守護著渺茫的一大彎弧的水。

隔一段日子，他就會來這裡散步。此地距市街約只三公里，但一過了工業區，再經過幾坵耕地之後，遠遠望見斜坡路下方小漁村錯落的屋頂上方海與陸瀟灑優美的曲線，心似乎就立即有了因走入天涯海角而生的內斂感覺。高山、海浪、波光、風，全部在他四周，並且一起化成一種幽淡的特別野味，默默薰洗去心中原來模糊地發出嗡嗡聲的愁苦鬱悶。

他在草原上漫步，有時專注地想去把握一朵朵雲以怎樣的姿勢依停在群山間，或是凝望向晚的陽光如何只照耀著某座露出雲外的山頭。有時候某些思緒生出來，隨即又被風中雲雀的叫喚打斷。搜索顧盼間，總是看到大海容光煥發。

於是，或者他就在懸崖上坐下來，或者循著某條小徑走下去，來到砂石的海邊。在林投樹與海桐間隱蔽著談戀愛的男女；流著鼻涕在廢碉堡跳上跳下高聲笑鬧的小孩；躺在塑膠筏陰影裡看海的一家人；在銀光閃耀中浮沉著前進的船；安靜散步的人；嘩嘩喧騰捲動礫石的一波波浪潮。他從這些簡單而富足的歡愉中走過。腳底時濕時熱。海岸線一直在前，柔柔彎曲著，終止於那些迷濛的斷崖下。一種天長地久的樣子。他繼續走下去，或是折回到草原台地上，一邊覺得又可以重新拾起對人生的一些夢想了。

珊瑚礁和磯鷸

隆起的珊瑚礁一大群，連接著海蝕平台，凸伸入大海上。午後退潮時，波浪仍大力地陣陣沖擊，在岩礁和許多海蝕溝濺起四散的白水花。潮間帶上的一些壺穴裡的海水則十分澄淨，像是極引人渴欲的小浴池。池裡常有些熱帶魚，在活珊瑚微晃的密枝間穿梭，不時翻起幾近透明的橫花條紋的身子。他甚至有一次還看見一隻紅紫色的大章魚。

秋日亮麗。他在粗礪的礁石上坎坷巡走。到處是陸地從海底升起的印記。部分離濱的珊瑚礁，海蝕風化數百萬年了卻還與人身等高。而大海浪當然也仍不歇息，好像依然維持著洪荒年代裡開天闢地的激情，前仆後繼。

就在那永恆的潮聲中，一隻磯鷸從他身旁掠過，降落在他眼前的海蝕階上。牠一邊覓食，尾巴一邊上下微動。牠有時從容不迫地啄著淺水中的生物，有時突然轉身，急速追逐跑向岩壁的海蟲。不久之後又出現了一隻白鶺鴒。牠像是純來探望磯鷸的；牠一直定定地站在附近的一塊獨立的岩礁頂上，站在數叢低矮嫩綠的草海桐和兩株行將進入休眠期的台灣百合旁邊，時而漫不經心地發出似尖卻平的「嘰—啾」兩個音符，有時連續重複一次。但牠更常只是傻呼呼地默默張著嘴。

那隻磯鷸根本無視於身邊白鶺鴒的間歇叫喚，而只一味地靜靜覓食。也許是剛從老遠的北方飛臨此地過冬吧，他想。

也是從遠古以來，磯鷸和大多數的白鶺鴒，代代從事這種神祕的求生旅程，越過萬頃海洋，來到這潮聲般永恆的島嶼的礁岸上。而他，就在這麼一個微風的秋天午後和牠們遇見了。這是只有他們知道的一個下午。海面上的波光正微笑著為他們的這一個下午作證。

遙遠

隆起的海蝕平台外是連接成一大群的珊瑚礁，礁外是大海。中午時分，無風，黑色崎嶇的礁面看起來很乾渴，尤其是那幾座從海面直立而起的單斜面小丘。那凝灰岩的白色外貌，好似澆淋上的一層灰色水泥，在陽光下發出刺眼的亮。海水卻不斷地陣陣在破碎的礁群和海蝕溝洞中衝撞起伏，水珠此起彼落地爆散。

整個下午，他在岩礁間行走，看各種小魚在海溝裡那些五顏六色的藻類間自在優游，看海水一漲一退，或是蹲下來端詳那些點綴在礁石上的少數安旱草或允水蕉。波浪的聲音包圍著他，彷彿宇宙脈搏的律動。

向晚的時候，他回到一面高台上，瀏覽著這一片海陸交接的領域。遠方的海面轉為鬱藍，如在不時震顫著的果凍，但也像平披綿延無盡的藍絲絹，隨風微微搖晃。烏頭翁在附近的稜果榕、林投、黃薑以及到處蔓爬叢生其上的蟛蜞菊間叫個不停，有時像在吵架，有時像在唱歌，遠遠近近地呼應著。灰頭鷦鶯則時而飛到那些被海風吹刮成乾裸的直立樹枝上，長長的尾巴向下壓抑，嘴巴急速張動，吱—吱吱—吱吱吱，很開心的樣子。偶爾有一隻伯勞飛近觀望。雲雀的聲音時斷時續地響自他身後野草地上方的半空中。海水仍在喧譁。他諦聽這些野地裡的聲音，逐漸覺得，這個幾乎完全屬於自然的地帶，好像就要在這些音籟的伴奏中浮飛了起來。他也好像是要飛起來了。但同時又像是要相伴著啟程，一起航向那遠方廣闊的海上。

隔著身後升高的野草地，在遠遠的山腳下，是連接著海岸一些聚落的公路。他踮起腳尖，可以看到一些車輛小小的，嗡嗡地從草尖處走過。心緒卻似乎很遠，像是從暗綠山頭輕輕籠罩下來的霧。

靜物

為了清理被礫石堵住的引水管，上午，他溯著夾在岩壁間又窄又深的澗谷去上游。回來時，已近中午。他在工寮內脫掉全身溼淋淋的衣褲。早春的風經由撐開的茅草窗和竹門吹入來，拂動起罩在小木板床、雞鴨飼料和一些簡單農具間的暗影。他從茅稈牆上拿了一條舊毛巾，裸體走到室外，在陽光下擦拭身體。蹲伏在一棵台灣海棗下的一對大土雞，定定地抬頭望著他。鴨群在屋後的水窪處嘎嘎起鬨了幾陣。他緩緩擦著，要將陽光揉進體內似的。他在小風中聞到自己老皺的肌膚既涼冷又溫熱的氣味。

換穿上乾衣服之後，他把濕的晾在架放於坡坎邊的竹篙上，然後習慣性地在一塊大石上坐下來，抽菸，看安靜地躺臥在坎腳公路外陡坡下的大海。

這個中午，這個被遠方的兩處岬角分從左右夾護起來的弧形海面，容貌肅穆，默默閃著亮藍的光。兩對漁船正在不遠處的海上由北往南走，前後一直保持著一定的距離。另有一艘，則遠遠地從反方向而來。陡坡上密布的五節芒在風裡微晃。芒草間的水面上方不時掠過幾隻洋燕。一些蝴蝶輕盈出沒飛舞。船在繼續走動。他張開手臂比了一比，眼前的大海，還有那五隻船、芒草坡和蝴蝶鳥隻，全攏入了懷裡。他靜靜端詳著這些物事的動靜，看那單獨從南方走來的船終於無聲無息地從外側的海天交界間和第一對漁船交錯而過。然後，和第二對……。

時間像是也正在那遙遠的海上走過。他似乎聽到大海在他懷裡深沉的呼吸。接通之後的水，在低聲咕嚕咕嚕著注入他身後的一小塊正在茁長的稻田裡。他又一次地開始隱約覺得，自己，包括已過大半輩子的這整個人生，其實都只是這個海邊多石礫世界的一部分而已。

療傷

聚落只有十幾戶人家，位於山腳微有起伏的坡上，所有的房子，包括水泥平房和茅草屋，還有散立在屋舍間的麵包樹和欖仁樹，一起面對著路另一邊低地上高大的椰子林。椰子林一長片，與路平行。林外是大海。

下午剛過一大半，太陽就走到山後去了。陰涼迅速落在整個村子裡。他於是從床上起來，坐到輪椅上，自己推著到屋前的黃土埕上走動，進行醫院人員叮嚀他做的復健。

他曉得這時的小村裡是幾乎無人的：年輕人，就像以前的他一樣，長年在外工作，難得回家；留下來的老年人和小孩，則大都去附近荒僻的田野間種作和上學了。村子可以說是空的。他的心也是。

當他剛從車禍住院後回來療傷時，總覺得所有的夢想都碎了。這個他所生長的海邊小村，原是他一直努力想要掙脫的地方。他的記憶裡滿是磽厲荒瘠山野間的墾耕苦役、冬天猛烈黏稠的海風、一下大雨就挾著大量灰黃沙泥穿過村中往路下方沖刷的水。空氣裡甚至於經常是一種疲乏和令人苦惱的呆滯味。但他終於還是不得不回來。

村子經常都是這麼安靜，而且好像只有自己一個人在注意著四周的各種動靜。

不時有一些車輛疾速地在馬路上咻咻經過。一些雞和鴨和他一樣在黃土埕上默默走動。埕外緣他母親種的毛馬齒莧茂密匐匍，紅色的小花在陽光消失後漸半閉合。欖仁樹則正在全面換上嫩黃泛紫紅的新葉子。椰子樹的纍纍果實一天天在長大飽滿中。烏頭翁四處不停叫喚。灰藍的海水在椰子樹直立幹的剪影外。海浪聲隱抑著從中傳來。

在這樣的時候，他才感到自己好像仍是有用的；他將自己想像成被留下來看守家鄉小聚落的人。

老兵儀式

自從他確實感受到無法再背著一袋袋的黑滑石，從海邊爬上陡坡之後，他只得放棄撿拾那種可外銷的石頭的工作了。空閒下來的日子，一時變得像是常在住處四周野地裡遊蕩的風，無依無偎。他因此和散居在附近的老兵一樣，逐漸有了一種儀式般的散步習慣：一大早就出門，沿著幾乎無人的海岸公路，慢慢地走將近三公里，到一處小市集相聚。

他們在唯一的短街上踱步，時而駐足觀看那些賣衣服、小器物或水果的流動攤子，或張望購物的婦女，或者三三兩兩地在路邊坐下，靜靜休息，彼此難得交換一語。

當早市逐漸散了，他就拎著一瓶米酒，搭汽車回家。

他喝酒也像是一種儀式。午睡醒來後，他先是在舊行軍床上呆坐好一會兒，然後打開臥室兼客廳兼放飯桌的小房間的門，等待陽光向東走過馬路，移至土地公廟前的水泥小廣場。然後在屋簷下的一截圓柴塊上擺好米酒、杯子和吃剩的任何菜。自己接著面對馬路，坐在一塊從海邊撿得的小木頭上。

車子偶爾從他眼前橫跑而過。陽光則緩緩向外走。小廣場外緣矮護牆外的大斜坡下就是他從前撿石頭的所在。他一邊喝酒，一邊老是會想到海水來回沖擊石頭的樣子。他一直不喜歡海。他之所以在這裡長住下來，只是因為他早年長期在這一帶海岸守防的緣故。他也不喜歡已褪了色的全體通紅的土地公廟。尤其是那一面高高地飄揚在廟邊竹竿上的黑色三角旗，最常令他覺得寂寞孤單。

但是喝到最後，他兩眼迷濛中，他不喜歡的這些事物，卻總是似乎溶入灰色的暮色裡去了，並且一起在微微起伏著的海波上浮沉，載他搖晃著。他的口中於是時而發出哦哦哦的聲音，如呻吟，也如自覺滿足的歌。

暮色頭像

她為屋前的番麥園埋完了肥，伸直腰，轉身看到兒子仍坐在園邊的一處石塊上兀自玩弄手中的草葉，他那顆小腦袋和身上的淺黃罩衫，浮露在隨風微晃的墨綠色番麥葉上方，身後是向晚陰雲漶漫的天空和同樣消失了光澤的大海。她遠遠地對著他看了一會兒，但沒招呼他。她繼續忙著一天未完的工作：在屋子內外進進出出，收拾剩餘的肥料，洗手，收衣服，洗米洗菜。她按下電鍋煮飯的時候，兩隻無尾鵪鶉正從後窗外的斜坡走出來，沿路邊漫步。她後來看見牠們像兩團枯草一步一步地滾過路面，掉入路另一邊模糊的草叢裡去。

然後她再走出廚房，在門邊的一截木頭上坐下來，休息。

雲氣蒼茫，屋前整個彎曲起伏的海岸線以及岸外的海和岸內兩側的山丘，都灰撲撲的。天好像越來越低，從四面八方覆壓下來，又沉重又虛渺。海的聲音則毫不休止，在周圍遍野的迷濛中反覆翻騰。她隱約聞到自己的汗酸味從粗布衣底下透出來，混合著海水的味道，也混合了那正值生長期的番麥所散發出的青腥味。

她的心似乎因此微微顫抖了一下。這是少有的。日子一向都這麼過。日出日落。海和山和耕地和少許的作物，這一整個世界，時時在改變著顏色。每天都要忙碌討生活。

她又一次望向一直專心在自我取樂而忘了時間變化的兒子。她看到，在漸深的暮色包圍中，四歲多年紀的那半個身姿，好像凝固成一座黝黑堅定的頭像。蟲聲此起彼落。竹雞在番麥園外的某處叫著響亮的三個音節。一盞燈火在兒子身後的墨灰色海上慢慢移動。她感覺到一種疼惜的情緒正在她四周的這個海岸台地上瀰漫開來。她起身，走過去，摟著兒子，將他抱起。她一邊想到，丈夫大概就要到家了。

鏡中世界

陽光漸漸弱了；倚著窗口，她看見散漫的雲像浮冰，緩緩從東南方的海上移來。一隻漁船在墨藍色海面的極遠處。近處海岸的幾個釣魚人互相間隔著一些距離，一起面對大海枯坐，身姿一動不動地在灰白的沙灘上，如一隻隻孤獨的岩鷺。海水澎湃。她感受到，在永恆的潮聲中，那種又寂靜又空虛的感覺又逐漸在室內膨脹起來了。

一群麻雀吱吱喳喳地從她眼前急急掠過。

她又看了一下海上的船和那些釣魚人，然後從抽屜裡拿出望遠鏡，下樓，從屋旁走下被雨水沖損得很坎坷的一段水泥斜坡，穿過黃花的蟛蜞菊茂密攀蔓其上的一小段林投叢，來到海灘上，再沿著出海口的水邊，轉而逆河往上游走，時而拿起望遠鏡，觀看四周的景物。

這些景物，原就是她自小就熟悉的，雖然她生長的家鄉在往南數十公里外另一處海邊，但屬於海岸的聲音、氣味、人語、房舍和山林的形勢，卻相當一致，都一直活在她深邃幽暗的記憶洞穴裡。她所從事的陪客工作讓她不好意思回家；她於是通過望遠鏡，來瞭望她思念的一些風景。

她常覺得，那圓形的鏡框所包括起來的世界，似乎總比較明亮，也總是泛著光。她從鏡中凝視活動的水波，追蹤自由自在如風中樹葉般飛翔盤旋然後降落在沙洲上的鷺鷥鳥，看奔跑過水邊藺草間的狗，看小學生從公路上方山腰的小學放學後，經過白色教堂外的麵包樹下，有序地走過紅色的大橋。

當她這樣專心注視著時，她才覺得有一個鏡中的世界仍是屬於她的，並且包容著她，當天色全黑，她也才覺得又有勇氣回去工作。

士兵的海

海蝕洞位於海防班哨營房的正下方，洞口直對著崎嶇岩礁外的大海。他初次看到這個大洞時，很驚訝，甚至有點恐慌。他一直不知道自己住的房子底下是早就被海水淘空的，足以容納兩輛雙層巴士。等一起來的夥伴們吆喝著離開之後，他繼續在洞內逗留了一陣子，好奇地察看洞內四處像是由大小石塊和砂粉膠結而成的壁面。洞外岩塊間的海嘩嘩叫著，碎散的水花在陽光下閃爍。他不自覺地笑了。自從被分發到這個海防據點以來，他不曾這樣有興味地看海。

他常怨這一帶海岸根本不適合讓人嬉戲；沿岸少有的聚落也不提供任何娛樂。和其他士兵一樣，他的生活只是日復一日地輪班站崗；夜間更慘，必須和另一個傢伙牽著狗，沿海邊巡邏。永遠躲避不了的海浪的樣子和聲音，像是一種苦役的凌遲。他覺得自己整天被凝固起來，懸擺在那乏味沉重的空氣裡。他不喜歡這樣的日子，也不喜歡這裡的海。

但是剛才，夥伴當中的一位卻向他們說了有關這一帶海岸生成的故事。他談到千萬年前火山的爆發、地殼的變動和生命的繁衍。他也因此曉得目前的這些岩石叫做火山集塊岩。

他不時撫摸一下粗糙的岩面，然後走出洞外，在浪潮邊徘徊。許多種他不知其為何物的水中生物紛紛急速逃入破裂的岩隙和海溝裡。他看到自己好像那些在水中擺晃的海藻一樣，也在長遠以來進化的地球歷史中飄搖著。他逐漸感到一種自由。他抬頭望見營房屋頂上站著他班上的一個士兵。他想到自己而後站崗或巡邏時，要守衛的是什麼。

陪伴

下衛兵之後到吃晚飯的那一段時間，若沒事，他就從小營區的後門出來，穿過蔓生著雙花蟛蜞菊的小徑，去河邊靜一陣子。每當他在沿岸密生成一大片的大肚草上坐下，輕披著向晚嵐氣的綠色山巒三面包著河面，也包著他，一種既解脫又重新和這個世界取得連結的感覺就浮升上來了。

除了一個開口外，海水幾乎全被橫隔在遠方的一脈沙脊外，看不到浪，也聽不見海的聲音。河面的水經常起皺紋。有時會有一位年輕人划著塑膠筏仔下網捕魚，偶爾邊划邊大聲唱歌，歌聲和烏頭翁四起的歡叫一起飄揚在那層層微亮著天光的水上。山腳村落裡此起彼伏的狗吠，嬰兒的哭啼，甚至於響自某處山坡的收音機聲，也都匯聚到他身旁。他因此可以專心想一些事，或把一切都忘記。

有時會有一群野放的牛，大大小小，在他四周走走停停地吃草。一些鷺鷥鳥經常來到長片的沙洲上棲息，大小白鷺和黃頭鷺混雜一起，時而歪頭啄理羽毛，有的在水邊緩慢地一步一步走，忽而急奔，然後咬起一隻小魚。不停地在近岸的水上飛翔起落的是燕鷗，有時數十隻來回穿梭著。黑腹燕鷗的姿勢最令他著迷，從容不迫，在空中靜止時的樣子如直升機在垂直下降。

牠們陪著他，他也陪伴牠們，讓他的日子總算有一個歡喜的結束。

大肚草的兩隻長耳朵和葉片不時在他身邊晃動。他盯著它們看，並輕輕觸撫。然後天色就漸漸暗了，隱去所有景物的分界，包括海、河水、山巒樹木、那些牛和鳥、耕地草地，和他。而所有的聲音，好像也都化為單純的風聲，跟他一起走回那屬於人的義務的世界。

等待

一大早，晚春清晨的陽光就覆滿了小教堂正面斑駁的粉白色外牆。他往內推開大門時，光和他的影子立即投映在中央的走道上，長長扁扁的，幾乎伸至布道的矮桌下。他走過光和自己的身影，在桌前曲膝低身，對著剪貼在暗紅布幔上的金色紙十字比劃了幾個手勢。他起立時，看到一大朵白瓣黃心的三角形仙人掌花，正鑲嵌在屋側一面破碎多時卻仍未換裝的玻璃窗外，在濕黑的岩壁與暗綠莖蔓間，像承受曦日的漏斗。

未受光的室內部分，反而更幽暗了。左右各四排的咖啡紅木條椅，靜悄悄；上方屋頂下牽掛著的去年底的紙彩帶和彩球，一動不動。早已壞了的風琴在牆角，旁邊的牆上是寫著數個月來捐款者姓名與金額的一張

褪了色的紅紙。

他對這些布置環視了一會兒，然後又通過光帶，走到外面去。作禮拜的時間還沒到。他站在草地外緣一排花朵初謝的野百合前，瀏覽崖下耀眼的湛藍大海。白雲正在極遠處的海平線上茂盛綻放，團團簇擁著，也成一排。而在海的這一邊，從崖側斜彎下去的整個坡地，看來卻是乾燥的。一些屋子散置在岩石、草木和零碎的耕地間，望似久經風雨的廢紙屑。他知道，這些都是信眾們的住家。他奉派每週到這裡兼職一次，當他們的傳道人。一個月過去了，此時他卻覺得，在豐美的大海前，他的教區是貧乏的，想到世上生命現象的駁雜。他並且為教徒的少而苦惱。

但他仍得為今天的講道作準備。他望著大海，一邊思索講道文。他想到了《羅馬書》八：二二—二七：「因為我們知道，直到如今，一切受造之物都一同嘆息，同受產痛……原來我們得救是在於希望……必須堅忍等待。」

誦

誦經聲從一處附近佛寺的擴音機放送出來，被陣陣的海潮湧盪著，在黃昏幾乎無人的山腳浮沉。她知道又是該煮晚飯的時候了。她加緊速度，將長了稻子的小梯田一邊埂上的野草割除完。

回到麵包樹下的住屋，為那些圍擁向她的二十幾隻雞撒了數把碎玉米之後，她在廚房裡轉了一圈，接著又出門走下絲瓜棚旁的小斜坡，過馬路，去玉米園裡摘黑甜仔菜的嫩葉作為晚頓的菜。

差不多已長至與她等高的玉米叢，面臨海。她穿行其間時，可以看到搖晃的綠葉後面遠處灰藍的海洋和近岸的幾塊墨色岩礁，礁石邊無聲起伏著一圈乳白。一個赤裸上身的男子坐在一個廢輪胎上，用手從一塊礁石划向另一塊。她停下腳步，從葉隙間凝望那個要摘拾海菜的瘦小身軀。兩隻船在更遠方的海上。她忽然感到一陣莫名的寂寞。

提著那一袋黑甜仔菜回來，上斜坡時，她回望了一下大海。灰沉一片。岩礁被玉米園遮住，船消失，只見到路對面稍南那個獨居的退伍老兵，正在掃台階。烏頭翁四處喧叫。

她走進屋內，放下野菜，用海邊撿得的木柴生火煮飯。煙過火起後，她走到屋外，拿了一個板凳坐下來，慢慢解開護手的長布套，脫下長筒膠鞋。封了一整天的腳板終於可以透氣了，臭味迅速傳開。她看到自己的十根腳趾頭在靜靜搓動，肉色褐黃帶白，骨節凸顯，趾端圓大。她一遍又一遍地一一捏撫。

這是她多年來四下無人等待一個日子結束時的遊戲，是她的祕密。這種時候，她常會有一種奇異的快樂感。

誦經聲已停了。她曉得，那一輛載著她的一對小兒女的汽車即將出現在馬路上，而丈夫仍要在海上過夜。

盛宴後

周末下午的校園安安靜靜；他醒來時，只聽見蟬在屋外吱吱長鳴。尖拔的聲音在他依然微暈的頭殼內衝刺。酒氣仍未全消。他曉得自己確實喝多了。「來啊，老師，來啊。」婚禮中的那些人一直那樣慫恿他，要他多吃菜喝酒和參與飯後的唱歌跳舞。曾經先後是他學生的新郎和新娘，也都喝得臉紅紅的，笑口大開，和他們的親朋好友，包括好幾位外省人，一起拉著手，圍擁成一圈，隨著伴唱機播出的屬於他們原住民的歌，一邊唱一邊舞動身體和腳步。舞蹈的圈子在屋前的酒席旁熱烈移動，在麵包樹和欖仁樹下花花的光影間穿梭。酒意濃重中，他感覺到村子一向不起勁的心跳這時終於興奮起來了。在山的邊緣，在海的邊緣，在幾乎被遺忘的這個荒僻小村裡，他們和他用開懷的聲色自我慶祝一番。他聽見他們的歌聲和踏步聲，正與村舍旁山的氣息海的氣息呼應著。這時的整個聚落的確是快活的。他因此又與人喝了好幾次小米酒……。

他走進浴室沖涼。窗子敞開，陽光照在小菜園外的一面長了台灣蘆竹的褐黑色陡峭岩壁上。他裸身做彎腰的運動時，山壁在他眼前一隱一現。他忽然覺得時間就在那一面千萬年前火山爆發後即已形成的陡壁上移動，而自己以及整個村子和村民的一顆心，好像就在那山壁間無聲卻沉穩地跳動著。

他推開宿舍的門，看到長排教室的影子切過無人的操場。只有兩隻狗在升旗台上嬉戲。大樹和圍牆後面，是因地形而斜斜側躺在海邊山腳下的小村子，若一隻正在午後的藍天下慢慢咀嚼反芻著的老水牛。數卷悠悠的白雲，正在海上。

知道

賣菜車一路載著「內山姑娘欲出嫁」的歌聲，消失在山彎後。運載通學生的那一班汽車不久也隨著走過她的小屋前。這時候，山壁的陰影也已大致全面覆蓋到廢耕地外緣的海邊了。海面卻仍是亮藍的。雲雀和烏頭翁在四處間歇叫喚得更為緊密。空氣轉涼。她知道她一天的工作已可結束，應該不會再有遊人在這裡停下來，欣賞陡崖下的海和港澳。

她將簷下香菸攤玻璃架上的香菸和檳榔取出，放回屋裡，然後半關起木門，同時也把車輛和討生活的公路關在門外。

她走過屋內幽暗的甬道，在屋後一小叢林投旁的一張舊藤椅上坐下來。閃閃發亮的湛藍海洋在岩塊堆疊起來的矮牆外，在陡崖的下方。海水在幾處礁岸邊衝撞，不斷來回，濺起的水花散開又落下，散開又落下。除了颱風天，幾乎每日都這款模樣。她習慣於這模樣。她記得自從多年前丈夫死了之後，自己漸漸習慣每天在這個角落獨自坐一會兒，看海這樣的變化，看一些動靜。

崖下不遠處山腳灣澳內的小漁港，這時也已大半罩在山的影子裡。一豎一橫的堤防圍起的港內，安靜地停著一些船隻。船的各種顏色，和從船上撐起的那些或黃或黑的三角旗，看起來都乾乾的，有些呆滯和疲累。從通話機偶爾傳出的呼叫，在隱約的潮聲中遠遠聽來，是模糊的。但她有時仍會努力去辨認其中的意思。

有人在碼頭的遮棚下補魚網，身形很小。她知道其中有一個是她的媳婦。剛放學的兩個孫子應該也在附近。這麼想著時，她感到很安心。然後心思就飄遠了。

當陽光沿著直入海中的堤防，走出堤端的那一座紅燈塔時，她知道是為一家人煮晚飯的時候了。

生活

陸崖下的聚落房舍零零落落，依地勢起伏，或隱藏或凸露，散布在小溪旁的樹叢和田地間。上午已過一半，灰陰的雲低迷，不見陽光；雨卻也一直不下來，只是一味悶悶的，好像整個山野村落都在無所謂或有所謂地堅持著什麼。舊堤岸和石礫灘外的大海，也呈石板灰色，水波慵懶。

她站在崖上的公路邊，隨意瀏覽鬱鬱綠色中她家的位置，她家數層長了稻子的小梯田和一片廢耕地的位置。

幾個婦人圍坐在一棵樹下，身形很小。她知道她們正在敲剝她們剛從海邊礁石縫中弄回來的一種俗稱為海石釘的小蚌殼。四隻牛泡在溪水裡。一大群散開的洋燕在她身側高懸的鐵橋下不停歇地來回穿梭，掠過百萬年前火山爆發時即已凝結成的那種混雜了各種岩塊的山壁，掠過適於長在這些光裸岩壁上的台灣蘆竹，迅速而優美地飛翔和轉彎，襯著那些高低不一的已種植或廢耕多時的土地。陣陣輕煙從一處燃燒著的野草間升起，飄過面對大海的一群墳墓，旋即就消失了。洋燕繼續飛竄，在一動也不動的百萬歲的火山集塊岩身旁。

岩燕偶爾發出的吱吱鳴囀，顯得很空蕩，夾在從底下的村中遠遠傳來的幾聲狗吠和雞啼聲裡。這些聲音，讓她更加覺得，村子裡和海面上似乎有一種模糊的得過且過的氣氛。然而當她的心緒在某些飄遠了之後又回來了的時陣，她卻又深深感受到四周無邊的安靜和明淨。

她於是走到永恆的集塊岩岩壁邊，溫柔地撫挲著。

應該

睡夢中，他恍惚聽到妻子的話語在很遠的某處浮沉，告訴他，她要去山間的巴吉魯園除草。他努力了一陣子才睜開眼之後，翻身側躺，微抬起頭，看到她正從屋脊的後面走出去；被荒草遮去了腿部的大半個身體背影，隨著山勢的斜升晃動，肩上擱著的一支長木柄割草刀的刀葉，不時在午後的陽光下閃爍，很刺眼。他於是又翻了一個身，閉目平躺下來。

頭上欖仁樹粗厚的葉子，將陽光幾乎全擋住了。但也幾乎沒有風；葉子靜默。只有海浪聲從旁邊一排扶桑花籬外的碎石坡下方傳散開來，在他四周乾涸的空氣中不斷湧洄。浪潮在他的腦子裡疾走、翻滾，沖捲著石礫灘，而身體就在那水裡盪動、盪動……。

到後來，他逐漸覺得自己的四肢，甚至於軀體和頭殼，都不存在了。他好像化為無形，化入那潮聲中。

他愉快地耽溺於這樣的感覺裡。他可以聽到欖仁樹樹頂的葉子微相摩擦的聲響，幾隻蟲在斜坡下細細地嘶叫。黃土狗在堆放農具雜物的竹棚下噗噗地甩了幾下尾巴。當然還有永不停息的海水聲。

他不知道自己是否又睡著了。再次張開眼時，陽光已移至他的頭部。他坐起身子，才意識到身體的某些部位有些痠疼。真的是有些年歲了，他想。幾個月來經常受雇到外地修路築堤，確實累人，難得能休息一天，中午自在小飲幾杯，並且放心小睏一回。

然而家裡仍有該做的無盡工作。

他抬頭看一眼妻子的去路。陽光仍然照耀整個山坡。五節芒、月桃、草海桐都乾定定的，一片灰灰的綠。貧瘠多風的海岸地。種植不到三年的巴吉魯園躲在山溝上游的一處背風坡。他不知道它們已長得怎樣。他想，也應該上山去看看了。

輯三

僻居

老文人

他寫過許多有關風土文物考據的文章，內容扎實，文字典雅。但這些都是二三十年前的事了。現在已很少人知道他，更難得有人寫那種能令人在回顧和尋根中感到清涼的喜悅的篇章了。他目前和妻兒媳婦以及孫子女住在一棟舊公寓的三樓裡。公用的樓梯門老是關不緊，樓梯間黃一塊黑一塊的牆壁上，到處是一些搬家和修理廁所的噴漆廣告。他過去寫作的參考資料和書籍，用細麻繩一包包地綑著，有的則裝在敷了一層灰的牛皮紙袋裡，堆得高高的，和他小孫女的小木床、玩具、小書桌、兩個板凳，以及佛像、供桌、兩張沙發、一台縫衣機和一張已失光澤的大書桌，一起放在客廳裡。

「呵呵，十幾年了，搬家後就沒再去整理，但也捨不得丟掉。呵呵，老了。反正這些東西也不合潮流了。呵呵。」

他說話時，瞇著的兩眼不停眨動，隨時會有淚水要掉下來似的。他呵呵的淺笑聲，客氣得使人感到心一直往下沉。

他參加了一個老人會，也許一個月和人家坐遊覽車去外地走動一趟。在家裡的時候，妻煮中晚飯，他就負責看顧小孩。每星期三的上午，他去醫院量血壓和拿藥。

賣冰

夏天過了一大半時，那一對年輕夫妻在公車站牌旁邊擺起了賣搖搖冰的活動攤子。有時會看到他們兩人在低聲交談，或張望來往的路人，但後來，通常只見到那個女的。她常坐在一張高腳的圓椅上彈吉他，哼著曲子，翻開的歌本放在銀亮的攤面上。

走過時，我總側著耳朵，想聽她唱什麼歌，但只能在陣陣車聲中聽到吉他簡單的音符。她大概剛學習吉他不久吧，她的歌聲也只留在微微張合的嘴巴裡，唯有她自己清楚，不教他人聞問。

等車和下車的人總會抬眼看看她。她似乎並不在意這些眼光，而只沉浸在她的音樂裡。有人光顧時，她才小心地使吉他靠在車輪旁。

他們就住在路邊一間老式的平房裡。晚上經過，有時會看到他們在窗後的燈光下。秋深之後，冰攤收了，窗後的身影也換了別人。那麼，他們必定是搬家了。只是，不知道他們的這一段賣冰經驗有了什麼收穫。

午休

推土機的聲音在山腰單調地響了一個上午，陽光被震得碎成片片，落在更高那一帶樹叢的綠葉上以及枝椏間的空隙裡。中午休息的時候，聲音停了，整個山坡頓時顯得空虛了起來，尤其是那片被堆平的、帶著濕氣的黃土。

年輕的司機穿過密林往上走，在產業道路邊坐下來。他用手背擦了幾下額上的汗，點起一支菸，雙手抱住弓著的膝，把頭藏在手彎內，只露出兩眼，視而不見地望著緩斜而去的山坡。煙從他眼前悠悠上升。最後，他下了決心似地開始慢慢吃起便當來。夾竹桃的粉紅花簇在他左右兩旁的路邊嬌豔地綻放，好像是一種聲色的慰藉。

餘生

清晨，五點到五點一刻之間，那個中風的老人都會從我住處門前經過，不論風雨。我已注意到他十多天了，並且總是記掛著在那時推門走入院子裡，等候他的出現。

院子裡，冬天的寒氣含著桂花的空香，輕淺地游移在花樹間。有時也夾著腐葉的味道。水銀燈將路邊木麻黃的影子投射在草坪和牆壁上。那些光影相間的圖案散亂地偃臥著，卻又讓人生出一種纖細的心情。四周寂靜。

然後，也許會有一部不知是早出或晚歸的車子疾馳而過，在路面留下嘶嘶聲響。

然後，路那頭終於傳來木杖點地的聲音。我知道，他來了。

他低著頭，一跛一跛地走，枴杖每一次移動才伴隨著一次舉步。他的一隻手彎起，掌心向上，在清冷的燈光下，似乎仍可見到手指在抽搐，也感覺到他全身肌肉都在用力。我靜立院子裡，目送他艱辛地走過。喀——喀——的聲音逐漸遠去，終於消失在路遠方的某處。

他一定很早就從家裡出發，而且總是那麼準時，為的是多走一段人生的路。我還年輕，所以難以了解他這樣的毅力，是生的莊嚴或恐懼。

夫妻

他們做的主要是學生的生意，攤位面對巷子。星期例假日，店門就不開了。店面很小，約只三坪。婦人賣涼麵和甜不辣。她丈夫賣的是各種包子，甜鹹都有，人老是在入門右邊靠牆的一張小檯後擀麵。他們各做各的生意，用他們各自熟悉的手藝面對生活。彼此很少講話，即使生意清淡的時段，也分別坐據在自己的工作崗位旁。奇怪的是，他們的這種關係卻給人難以描繪的諧適感覺。或許，他們的沉默是由於幾十年培養出來的相知吧。他們偶爾相看時，心中的感受或許也就像從巷口吹來的微風，其中有著一種不足為外人道的甘涼囉。

出獄後

下午很安靜，只有他在述說往事的聲音。全是一些暴戾乖謬的經歷：速賜康、賭場、勒索、廝殺、管訓以及逃獄等等。但他的聲音卻異樣的安詳恬淡。

他坐在床上，背靠著床頭櫃，一條凝血色的毛毯蓋至腰部。從後窗透進來的唯一光源，經過半開的淺藍窗巾，使臥室顯出沉滯。香菸味瀰漫不去。兩套牛仔裝掛在床尾的白牆壁上，空空蕩蕩的。

以前，常有人說他長得像三船敏郎，眼睛則大多了。此時眼裡的神色卻是渙散的，和我交視時，我總覺得其中有很深的對人生驚慌的意思。

他讓我看他肩胛和腰後的三處刀痕。他左手的食中二指都沒了一節，右手的小指不能活動自如。我問他挨刀的剎那間有什麼感覺。他說：「涼涼的。」

這是他第三度出獄。一個多月了，他幾乎足不出戶，常只躺在床上，想像著許多輕鬆謀生的方式。他並不想再走從前的路，並且希望我能寫下他的浪子生涯。「看能不能像《錯誤的第一步》[1]。」他說。他甚至於想到了拍電影的事。有些事，我不忍心向他解說。

他十八歲結婚，一對雙生子已讀小學六年級。但和妻兒一起過日的時間加起來可能不超過兩年。

我們談話的時候，他的妻子一直在隔著一層木板牆的小客廳裡糊沖天炮，工資一支五角。我出來時，她微微向我點頭，嘴邊牽動了一下。臉上的表情沒有任何含意，沒有什麼特別的抱怨或希望。

1 一九七九年由馬沙（劉金圳）、楊惠珊主演的國片，劉金圳亦是原著作者。

童趣

黃昏。河堤內的住屋與田地，和天空一樣地屏著氣在感受暮色的來臨。

一群小孩子一直在堤岸上下奔走。他們用塑膠繩繫了一個自製的大紗網，然後將網子投入抽水站外一窪濁黃的水中，隔一陣子就拉上來一次，撈到蝌蚪時就呼叫蹦跳地用手捧著，跑向堤內的一塊整理中的建築用地，把蝌蚪放進他們挖好的一個淺水坑裡，一起圍著觀看笑鬧。

他們男女都有，大概從五、六歲到十一、二歲的年紀。他們反覆著這樣的遊戲，不覺疲厭，好像一心一意地在慶祝生命裡的單純和驚喜。歡樂的聲音傳得很遠，向晚凝重的空氣因他們而生動了起來。

兄弟

他們坐在公路邊休息，身旁放著一大肥料袋的野菜，半袋不到的花生，以及一台正在播放流行歌曲的收錄音機。

花生曬乾之後是要賣的，野菜用來餵鵝，兩樣都是他們賣力了一個上午的成果。奇特的是，到高山上工作竟然還帶著收音機。他們理直氣壯地笑著說：「對啊！作伴啊！」那是姊姊買的，錄音帶子也是。她在附近的風景區陪觀光客照相，一次十元。

在山上，他們家有一塊地，種了花生。他們剛從那裡下來。小徑從身後的土地廟旁邊陡崎地上升，十多公尺處就看不清楚了，掩遮在矮樹蔓草中。接連著兩天的假日，他們也連著爬上爬下地收成一天半了。

哥哥讀四年級，弟弟二年級，身上的運動衣印著中山實小與平等國小的字樣。我知道，當地沒有這兩所小學。「教堂送的。」哥哥說。

我和他們沿著公路走向溪口附近的村落。途中，弟弟停下來五次，到路邊的某塊石頭下或草叢中拿出錢來，都是銅幣，共約三四十元。那也是姊姊給的，上山時因怕丟掉而藏起來的。他們邊走邊數錢，時而相顧而笑。正午的陽光照著他們兄弟倆紅褐色的臉孔，美麗極了，尤其是臉上用沾著泥土的手去擦拭汗水時留下的一抹抹汙痕。

我回頭遙望，仍然辨認不出他們所說的那塊地到底在哪裡，見到的只是烈日下重疊而上的山巒和綠意。

蝴蝶的家

一群黃底黑斑的蝴蝶在溪澗的水面上飛舞。在岩壁的蔭影下，牠們的輕盈和水的清澄，顯得真是和諧一致。我們都或蹲或坐在石頭上，靜靜觀看牠們的身姿。

一位十四、五歲的女孩突然說：「老師，蝴蝶的家在哪裡？」她的老師和我一時都愣住了。

我們都長大得不再有很多驚疑。我們只是純欣賞一種美，在下意識裡以為那是理所當然的事，沒想到牠們老守著那一片水面有什麼道理，也不清楚牠們的一生。這位小女孩在注視著顏色和線條的流動時，卻顧慮起這些脆弱生命在黑夜到來後的歸宿。也許，對她而言，家是最後的庇護所吧，光明而安全。

面對著所謂「美」的事物時，是否應該讓心是一面鏡子，讓它沒有波瀾地加以反映，或者也應該注意到背後的某些事實呢？

驚疑大概真的是哲學的起點，她的問話則是一句詩。

人間

潮水退了，河邊露出一帶灰髒的沙泥。水輕輕地盪著，與土地形成一道不斷變化的柔和曲線。

河口對岸稍南處的那顆落日，只剩一半浮在雲霧上。那裡的田野、樹木和房屋成了昏黃天空下的一片黯淡的剪影。餘暉的倒影映在水裡，一直閃爍到我身前。

兩個婦女坐在岸旁的鐵椅上不停地低聲吱吱喳喳，偶爾看一眼河水。賣香腸的小販推著腳踏車慢慢走過，香味隨處擴散，久久不去。間或有一部摩托車噗噗地在閃避散步的人。一隻舢板倒伏在磚屋旁的竹叢下。一個年輕女人從面對著河流的旅社出來，似笑沒笑地匆匆小跑而過，整個河堤響起了她拖鞋的啪啪聲，她那件沒扣住的鮮紅毛衣在她的腰際兩邊招搖地飄動。

一切都在顯示這是人間：人間的美麗和惆悵，認真和慵懶。

海邊

我們在沙灘上用撿來的柴枝生起橘紅的火，然後走到更高處，趴著看火和藍色的海洋。萬里無雲。海浪捲動石頭，發出波波的滾撞聲。一個說，那種聲音令他覺得恐慌。一個說，他最喜歡那種聲音，讓他想到某種撕裂和戰鬪。

我們都無聊極了，都感到內心的乾澀和一絲絲無以名之的邪門的欲望。

一個女人從堤防的石階走下來時，我們都注意到了。一陣子的沉默和守候。她淡黃的長裙從一片綠色的馬鞍藤外緣拖曳而過。她畢竟沒有向我們走來。

我們走向北濱的小漁村。腳板踏入炙熱的沙，拔起來就是一個淺坑。我們在一棵榕樹下坐下來，看一對中年夫婦補魚網。一個嬰兒在搖籃裡熟睡。飛舞的蒼蠅。從屋頂煙囪升起的青煙。一隻黑狗跑過來，繞著我們走了兩圈，然後走回樹頭那裡伏臥著。

那一對夫婦仍然無言地縫補著細小的網目，手中線來來去去，彷彿歲月的日日年年。

彩燈

節慶過去好一段時日了，那些五顏六色的小燈泡卻還沒收起來，仍然一線相連地沿路掛在樹上以及樹與樹之間，只是有的已經破掉，或是不見了。冬初的寒風吹過，鬆垂的電線、燈頭和其餘的燈泡就無聲地輕晃。常有些人也立在風中，在公車站牌邊候車，帶著空漠的表情，不時望一眼車子的來回。

一個抱在臂彎裡的小男孩總算注意到那些平時不曾見到的鮮豔色彩了。「寶寶摸一下！可以啊！爸爸！」「不能亂摸！」「我要那個黃的！」「不行！會被抓去！」

小孩馬上不講話了，變得一臉的沮喪。

他大概有兩歲了吧，為了活得安全，得開始從大人處意識人生裡面的一些不被允許的事了，即使他不了解其中有什麼道理。

牛車輪

那家民俗藝品館擺放著許多所謂的文物，甚至於門外也有一些：一尊丈餘高的木質圖騰柱，幾扇雕花的彩色門板，以及五六個我從小就熟悉的牛車輪。

車輪真的是很舊了，輞軸的木材是枯灰色的，紋理也因年久月深而凸顯出來，外圍的鐵圈磨薄了，經過處理之後，還稍顯油亮。但不論怎樣，總和街道上經過的那些光鮮熱鬧的衣衫車輛很不調和。

老闆說：「賣給能夠欣賞的人啊。」我也確實知道，有些從來不知鄉村為何物的人把它放在客廳或書房裡，作為裝飾。

那是一種怎樣令人感到不自在的高雅品味啊。牛車輪應該是屬於室外的東西，和牛和泥土和風雨和農人的血汗悲喜連在一起的啊。

快樂

入夜以後，煩鬱的情緒逐漸積聚。我一直想著快樂的問題，並參閱了好幾段談論快樂的文字，那股悶情卻一直不曾消離。夜裡一點多，我終於放棄了。從躺椅上站起，泡了一壺茶，坐在書桌前，聽巴哈的音樂。

燈光照耀下，黃褐清澄的茶水中，我彷彿看到旋律一波波濺碎水花而來，然後在一個溫暖小水灣裡深沉湧洄。我走進兩歲小女兒的房間，看到她正好翻了一個身，抱著枕頭繼續安睡。窗外有風吹樹葉的細微沙沙聲。水銀路燈和葉子形成的光影在玻璃上晃動變化。我看著這些，逐漸感覺到滲進來的涼氣裡有著愈來愈濃的歡愉。

快樂原來就像那些搖曳的光影啊，難以捉摸和規範。如果我在家鄉的田裡工作一整天，如果我對生命充滿了敬愛之意，我就不至於傻傻地要在抽象觀念中找尋某些行為的依據了。

我回去關掉電燈和音樂，一片黑暗中，全面的溫柔。

寒村

雨稀疏地下著，汽車輾過濕黑的柏油路面時，都濺起了水霧。我站在路邊的簷下等車，已將近一個小時，班車卻還是不來。

這真是一個很小的村子啊，只有一小段道路的兩旁有平房。大概因為下雨的關係吧，根本看不到人的走動。身後的理髮店裡光線幽暗，從半開的木門望進去，勉強見到兩張理髮椅的約略模樣。

風從平原的那邊吹來，越過對面錯落的房子和蓮霧樹的上方，然後通過道路，來到我的身邊。風沒有聲音，有時卻陣陣地把雨吹斜了，並且翻起隔壁人家屋簷下的一些花草。

花草栽在散置的瓶罐裡，有海棠、山茶、菊花和其他，似乎都長得營養不良，冬天就要過去，它們大概都不會開花了。只有吊著的那串長在蛇木上的螃蟹蘭最有精神，粉紅的花向四面張開，使灰黃的牆壁散發出一種特殊的氣質。

一個女人悄悄出現在我旁邊。她用惺忪的眼光打量了我一下子，然後隨便地望著雨中的路。

我問她車班的情形。「不一定呵。好像有時多，有時少。」她說著，轉身向理髮店裡走去。她拉開屋子的後門，隔一會兒才跨了出去。門在她身後關閉。在那大約一分鐘裡，她的身影定定地映在長方形門框外的淺灰色天空上，黑暗而遙遠。

雨水沿著小浪形的鐵皮屋簷滴落，嗒嗒的聲音。簷下的水泥地越濕越大片，那種濕意彷彿也正從我的布鞋和褲管逐漸傳到我的內心裡。

車子依然不來，我仍得和這個路邊小村一樣地等待。

水簾

水是從石壁上滲漫出來的。岩石堅硬完整，但它滲得毫不用力——因為岩壁裡的水分太飽滿了，所以就靜靜地自然流露而出。

滲出的水往下濡染，難以看出移動的樣子。石壁在我眼睛的高度處橫長著一排野草。水於是沿著青翠的葉尖密密滴落，水珠晶瑩，織成一簾水幕。

所有的動作都毫無聲音，全在山路轉彎的這一角陰涼裡完成，不惹人注意，大概也很少有人會去注意。

這個小小的景觀毫不偉大，而只是細膩和充溢著和平。

我對著這一切凝視許久，然後帶著清涼的心情，繼續我未完的行程。

偶然的旅站

火車在原本不必停靠的小站等候列車交會時，雨忽然來了。雨絲被風吹擾著，一陣陣地揚抑搖擺，在鐵道和黑褐色的鋪石上濺起水珠，貼著地面捲起薄薄的霧。

可能為了安撫旅客吧，車廂內開始播出音樂——都是一些平時無意間常會聽到的平凡曲子。旋律輕緩，在斷斷續續的模糊人語間浮沉。車內車外好像各據擁著一個時間，彼此對峙。我有點不耐煩地看著雨痕在玻璃上的流瀉，以及窗外的風景。

也都是一些尋常不起眼的風景。

然而當我繼續無聊地這樣看著，有一個時刻，一種極其深邃的寧靜卻自心中冉冉升起。剎那間，四周彷彿都沒有人了。只有車站旁邊道班房屋簷下的三株天竺葵的花開得正燦爛，似乎散發著濃烈的香，混合了那些也在簷下張掛著吹拂的衣褲的濕氣，穿過風雨，飄上了屋頂，滲入屋子後方整座山坡上翠綠桂竹林密密碎碎細葉子的顫抖裡。很絕對的一些東西。它們正在一個雨中的午後靜靜交談著世界裡的若干真實。我的心試著靠近傾聽，甚至託付給那些絕對的東西。

車內那原本顯得十分俗常的曲調，好像也開始會合了窗外時而高呼時而輕吟的雨聲，一起奏出歡喜的頌歌，在一個我偶然停留的小站裡叫時間凝固下來，叫我定心下來，一起等候另一列火車的來到，來到雨中這一個僻遠的小地方相會。

燈光下山來

年輕的和尚每天都會到溪谷對岸的山頭去。早晚各一次。他去山頭背後的一個石洞念經和打坐。那石洞是經過人工鑿大的，其中供奉著地藏菩薩，並容納有過去數十年來在附近山區裡因戰事或築路猝死者的許多牌位，甚至骨灰。下山時，早上那一次，他沿路掃除落葉和垃圾；晚上，只見得一盞燈在全然黑暗中閃爍著緩緩下移。

這一條山路很陡，一路迂迴爬升，破碎的岩壁間稠密雜錯著很多種植物，並且經過兩處直瀉谷底的斷崖。我在白天走過許多次，頗有獨入險山幽林的浪漫感。但從未曾有夜裡上山的念頭。

入夜以後，所有的那些樹、峭壁、裸岩都同化成了完全的黑，只有不規則起伏的稜線高高地襯托著微微泛亮的墨藍色夜空。那漆黑一片是莫測的，老是瀰漫著威脅的意思，隨時觸動著我對未知或危險的疑慮恐懼。

但是年輕的和尚卻天天上去，去陪伴那些冤死的靈魂迎接迅速侵臨的暮色，為他們念誦超度的經文，在靜坐中端詳自己。然後在九點鐘左右，提著燈回來，一邊體會黑夜裡分明的山水。

每天，我都在守候那盞燈。

那燈光一閃一閃的，明滅飄忽，在全面的暗裡緩緩穩穩地移動，有時轉了一個方向，有時因被某段山壁或樹叢遮住而消失了一陣子。走下那一段路，不到半個小時，但我的心一直跟著那盞燈在黑暗裡穿行，好像走過一段很長很長很寂靜的路，而風聲水聲，則不停地在我心底裡吹拂和漂洗。

白天，我常看到這位年輕的和尚在菜園種作，打掃佛殿，或散步看天地。和他談話時，我常注意到他那雙如溪水澄澈的眼睛，那是沒什麼猶豫卻又滿含著柔情的眼睛。

行館

那是他在世長年統治人民時，為自己設在風光明媚地區的諸多行館之一，位於中海拔山間的一處谷地裡。他死後，人們也終於能自由進出於那整個地區了。

行館白牆綠屋頂，仍是那種冷峻的顏色，四周遍植茶、梅、桂之類的花樹，屋後有一個長形的大水池，小橋涼亭猶在，水裡也還悠游著許多錦鯉。他散步的小徑頗富幽趣地曲迴起伏，沿小溪穿行在一片原始蒼鬱的二葉松林邊緣，一棵非常高大的青楓腳旁立著一個牌子，上面說，他常站在這棵樹下眺望溪谷遠方的山林雲天，思索國事。另一處的牌子又說，他也很喜歡駕臨俯瞰著溪水的三座簡樸的茅屋，並且常與夫人在此對坐下棋，云云。

只可惜，如今茅屋已頹廢，半沒在深密的雜草和赤楊林中。

秋末，我第一次去那裡，楓葉正醉人。樹林間有很多鳥類飛躍唱鳴。雲霧在一些山頭幻化莫測。我想到他當年偶爾來此一遊，漫步在眾多鳥聲裡，看著樹的成長，花的綻放，季節的循環變化，在權力的鞏固手段之外，必然不可能不領略到什麼美或靜的奧義、自然的什麼道理，或歷史的什麼訓諭吧。

他在世時，人民齊聲且固定地以英明偉大之類的字眼歌頌他無與倫比輝煌的一生。但後來，特別是在他走了之後，卻有愈來愈多的文字胡謅出某些齷齪恐怖的事蹟，關於爭奪、殺戮、刑訊、威嚇、謊言等等。我對這些覺得很困惑。而就在我這麼想著時，恍惚間，彷彿看到他的那一大群衛士一個個躍出他們原來隱藏的樹幹花叢後，急急向我包圍過來了。

漢子

他在北投山間借了一處廢置不用的體育館作為工作室，這一次塑的都是些老年人孤苦的形象，他稱為「晚景系列」，完成了共約五十座，有一部分沿牆放在架子上。我兩次去那裡，都是在夜晚。在寬空的室內，日光燈白亮的光線使得這些塑像的形貌更顯悲涼。我在其間巡走觀看，心頭總是逐漸覺得沉重和不安起來，彷彿看到了一些卑微的生命在同類中尋求不到溫情與關懷時所嘗受的孤獨無奈，以及人苦撐著活下去時的破碎的尊嚴。然而我也同時逐漸感受到憐惜的意義。

雕塑家指著其中的一座說：「這難道不悽慘？」

他深刻地表達了這種悽慘，用他對苦難人生的極大同情和對人性的呼籲。擁著月琴，猶在兀自張嘴吟唱苦楚的命運的；坐著環抱曲起的雙腿，無奈地把頭緊貼在膝蓋上的；袒胸露出嶙峋肋骨的夫婦，女的一邊乳房皺縮著，一邊鬆垂而下；兩眼茫然仰望的老者，狗依在腳邊，滿含難以訴說的安慰之意。這些以及更多受到忽視或遺棄的老人，在雕塑家用心用情的塑造下，成了一個個活生生的有力控訴。

從獲利可觀的工藝品的製造，轉而艱辛地追求藝術創作以後，這是他第四個系列的作品了。四年多來，從滿腹辛酸挫折到一鳴驚人的「難民系列」到目前的這些「晚景系列」，他對理想的執著專注絲毫不減，寫實精神也一以貫之，只是他的技法似乎更趨拙樸了。他或略加簡化，或是稍作誇張，注重的與其說是細節上的形似，不如說是人物心境的整體呈現。那些人物的面部表情、姿勢以至於整個造型，都適切地透露了那一點最深沉的東西，傳達出晚景淒涼的人們內心的吞忍和嗚咽，並因而給人莫大的衝擊。

一個創作者必須要有怎樣的情懷或信念，才能深入體驗到人生裡的悲劇存在，並苦心竭慮地找出恰當的形式，加以十足的表達呢？我轉頭望著雕塑家。厚實的臉孔上微藏著頑皮，好像也在思索著一些心事。我忽然想起兩年前，慕名而去參觀他忍受過多少冷落之後才得以推出的初展時，遠遠地看到他穿著汗衫走動，土土地與人談話的樣子。現在，近看之下，他似乎沒變，一樣沒有虛飾，坦然而自信。

他提議去喝酒。酒對於他，或許是專注工作後的一種平衡吧。「整天構思塑造著作品，想到的全是人間難解的哀愁，尤其是面對著辛苦地長時站在轉盤上的模特兒時，久了是會發瘋的。」雕塑家說。其中有實情，也有玩笑似的自我消遣。

夜深了，他大口喝酒，並斷續地說起一些少年往事：全是為生活搬遷流落賣力吃苦的經歷，以及親友情誼或調皮搗蛋的小故事。他的聲音時而低沉，時而激昂，語氣時而強調，時而柔和，時而粗野，時而嘲諷，夾雜得讓人既為他的遭遇心疼，又為他的豪邁著迷。夜色墨濃，山野寂寂，只有我們常常爆出的笑聲。我面對的正是一個昂然俯仰於這個開闊

的天地間，不受重重折磨和俗例常規束範的血性漢子。我強烈地感覺到一個近乎原始的具有無限的熱力和感染力的生命。

有一位哲學家認為，那些吃過許多苦的人，不是變得很辛酸，就很溫馴。這位雕塑家卻都沒有。他成長期的不幸，點點滴滴沉澱在他的心底裡，成了磨練模塑他的寶貴的東西。正因為在民間生長，和平凡的小人物們一起打滾求生，體會過赤裸裸的生存是個什麼模樣，所以他才能有那麼敏銳的感受與觀察力，也能容易地察覺他人的喜樂悲苦。雖然在談話中，他也對人際間的欺詐不公等等表示強烈的憤慨，但我幾乎根本看不出他心中存有任何恨的意思。相反的，他真誠地說起世間其實給了他太多無法釋懷的柔情。他在緊盯著世上的不公不義時，也曉得美與善良的存在。他要我們去偏遠的六龜和太麻里山上走走，去看看那裡人的純樸親和。這是他當年三餐難以為繼時落腳謀生的地方。他以欽敬的語氣，特別提到了那裡的郵差如何長途跋涉，翻山越嶺走好幾個小時，只為了帶給兩地遠隔的親人幾句問候相思和報平安的話。

生活經驗中這些人物的哀樂和認真，與他自己的遭遇相混合，構成了他思想和情感的基礎。他那些表達苦難人生的系列作品，並不是出自於抽象的概念。他創作時，或許也沒有很明顯地要為時代和社會作見證的企圖，但他的深情大愛卻使他的作品自然地成為我們這個社會的赤熱的良心。他深刻而生動地反映了外在世界的真實事物，使問題顯露出來，逼使我們對生活加以省思，去關心他人在真實生活裡的希望和想法。這些作品讓我們聞到了活生生的人的氣息，是和我們血肉相連的，是我們這個社會裡很少見到的真正藝術。

多年來，我們一直在高唱文化的提升，而許多人也真的偶爾會季候性地熱鬧一陣子。作為一種文化活動，這位精采的人所展示的作品，鮮明地指出了一條根植於大地，以大家能夠感應的形式，追求相互了解和共識的途徑。他的作品容或不是最好的，他大概也不會以目前的成績自滿；但他那種熱烈擁抱生活的襟懷，卻實在令人深覺振奮。

半隱士

他自稱「半隱士」，多年來一直獨居在遠離市囂的一處山腳下。每週三次，他搭小船渡過一條河，到市區的一所中學教美術，同時也算是與外界的一種接觸。其餘的時間，他規定自己不再外出，並且盡可能不見訪客。家裡不裝電話，信由對岸的一位朋友轉交，一週一次。門牌號碼甚至也因漆和金屬的剝蝕而無法辨識了。

他的這個住處掩映在綠樹繁花間，附近只有兩戶人家和一座廟宇。這環境正是他所希望的：既可避離擾攘繁忙的城市，但仍有疏落的三五人煙。那一道終年不枯的河水，於是成了他進退紅塵間的天然界線。從城裡上課回來，便是一個幽寂的世界。他可以在其中安然看書、作畫、彈琴和造琴。

「生活是一種藝術。」他說。因此，對他而言，造琴正如他生活裡的一切活動一樣，只是他所追求的藝術性生活中具體呈現出來的一個小切面而已。那是和他的整個生命，和他的人生態度，甚至於和他所選擇與安排的居處環境，是不可分割的。

他也學佛，走的是禪的法門，每日打坐三個小時，很強調佛家「放下」的生活態度——了知因緣的來去，一切都莫去勉強，心無妄念貪染，胸臆如鏡子，來時影現，去不留痕。問起他避居鄉野，對都市的種種聲色追逐有什麼看法時，他也只是淡淡的提及平等心的事。

由於他不多言語，難以探悉他習禪的境界，但卻可以看出，世俗的事物，對他的影響似乎已變得很少了。他堅決而愉快地在他獨自築造的精神世界裡，過一種十分簡樸的生活。

據說，他很少買衣服；有的是朋友送的，毛衣自己織。食物更是簡單，幾碟醬菜就可以配一餐。即使是棄絕不了經常不離口的香菸，抽的也是最便宜的「新樂園」，幾十年來都不曾改。

他那顆清澄的心靈更也在他的居住環境中顯露了出來。他在廳堂中擺置的那些簡單家具，便是生動的說明。和他坐在廳內說話時，我的眼光常會被那些配置得極富神韻的物件深深吸引，而他的整個人彷彿也成了一個靜物。淺淡的話語在其間游移，這時，連身姿的變動也都是沉靜的。

那些家具整個的或許只能用美來形容，但卻是一種素淨而幽淡的美，有如一首禪詩。其中最顯著的是一張由兩個暗棗色的大水缸分從兩邊支撐起來的桌子。桌子橫放，靠近內牆，面對著廳堂的大門。其實那是一塊年代很久而遭人遺棄的木板門，板面已呈枯灰色，而且紋路糾扭，凹凸不平，有幾處甚且已被歲月蝕空。這是廳中唯一的桌子，上面擺放著他心愛的一張古琴、檀香爐、一盞以破碗片和鐵絲編成的油燈，以及一疊書。廳裡的四個角落各有一盆秀氣的國蘭，花架則是竹子或原木頭的組成物，形狀奇拙。座位依相對的兩面牆壁而設，是用廢木箱拼湊出來的，上面覆以草編的蒲團。斑駁泛黃的壁上直接貼著他手書的陶淵明的〈歸去來辭〉，和李白的〈將進酒〉。另一件絕無僅有的布置是那盞從天花板垂掛下來的宮燈，以及燈下裝飾的數個鈴鐺；全部呈現出古銅色，事實上是用玻璃纖維做成的。

這些物件，大都是他撿來或親自製作的。他說：「就像小孩子玩沙玩泥巴一樣，在遊戲中完成一些東西，既快樂，又表達了自己。」它們原本毫無起眼之處，但經過他的選揀與組合，非但各自有了生動的特色，彼此間並能和諧相處，更且整個的和白牆紅磚，和房子本身，取得了融洽，一起自然地散發出一種獨特迷人的氣質。

甚至於和屋外的天光雲影以及全部的風景，也是相連結的。

一般人以為無用而任意拋棄的東西，經由先生撿來加以組合或變造之後，竟忽然有了這麼豐富而深刻的情韻；他從別人視為醜陋的事物中發現美，一種反庸俗的美——莊子所說的「無用之用」的道理。他和他所撿拾來的這些老舊東西，是超乎通識的價值判斷之上的。他的節制反而顯露出了他在精神層面的自由與豐盈。

他是這麼說的：「市面上的現成家具根本無法和我的人，和我所住的環境相合和成一體，所以只得自己去創造。」他說，他所求的是精神與物質生活的搭配，如此地在其間行住坐臥，才能怡然自如。

除了電燈之外，他的屋裡也絕少看到電器用品。夏季天熱，他使用的不是電扇，而是芭蕉扇。他說，芭蕉葉子是有生命的東西，搧出的風是活的，是生活中情趣的一種表現和培養。至於電視之類的非民生絕對必需的商品，在他看來，則也只是精神空虛者用來作為逃避或麻醉的一種憑藉罷了。

他製造古琴，也不把它當作一種可以交易和圖利的商品。對他而言，造琴正如彈琴，用意在於修養心性。他說：「琴匠是造不出好琴的。造琴是很嚴肅的事，須在適當的心境下才能進行。」因此十餘年來，他總共才為人造了二十幾張琴，製作的時間長短不一，有的甚至長達數年。

他造琴，特別講究琴音的蒼古幽沉。他以音色、造形和琴面上具有古雅趣味的鬆漆斷紋為要求的標準。他認為唐朝的琴是此中的極品，宋琴其次，因此他以唐宋古琴，作為自己仿效追求的境界。

琴製作之後，他從來沒有落款的習慣，但其中唯有一把例外，那是為一個女孩造的。

女孩初次來訂製的時候，就沒要他設定交件的期限，在製造過程中也從不催促。

他在和她幾次見面中，仔細觀察她的言談舉止，體會她的氣質個性，一邊揣摩著琴該怎麼造，才能完全與她匹配。完成後，試彈之下，果然聲音飽滿圓潤，勁味充足中仍不失纖雅細膩，是一把令自己十分得意的好琴。

臨到要將琴送走時，才知道捨不得的滋味。琴安詳地躺在燈光下，純潔完美如初生的嬰兒；那是他注入了多少的情感和心力才孕育雕琢出來的。它早已成為他生命裡的一部分，成為他生活中的一分子。琴面和琴弦在燈光下透著亮滑的光，像是在和他話別。

不知經過多久，他才用一塊粗絨布把它包覆起來。拖出門後，卻又折了回來，打開布，再一次詳細審視。但他一直告訴自己，它終究是要離開的。

據說，他的繪畫也是風格獨具的，尤其是素描。但他一向不肯輕易示人，從未開過畫展，也不願出售。他說，作畫純是個人的興趣，意在自娛，世人的識與不識，賣不賣錢，全都無關緊要。就像彈琴一樣，畫作也是難以和他人分享的。

或許，就是因為諸如此類的原因吧，一些認識他的人大都說他是個奇人。這「奇」字可能有褒有貶。從好的方面來說，它可意指一位獨力排拒著形式的行為規範，和抗斥著物化了的現代生活的勇士，一位在日常生活中仍保有主動和自我的人。但往壞的方面說，它又可能意味著一位獨善而淡漠消極的神祕主義者或厭世者了。

有一次，我很晚才要過河回家，他送我走下緩緩下斜的小路。風吹動竹葉，耳邊沙沙作響。我放慢腳步。他拿著竹杖，遠遠地走向前頭。夜霧從兩旁的竹林裡輕輕蒸散出來，在路燈的光暈下飄移。我從後面望著他走路的身姿，猛然覺得他像是中國山水畫裡的人物，遙遠夢境裡的人物，在這個熾熱的人間裡，是不存在的。

赫恪這個朋友

大約是十年前了吧，赫恪開始在我們花蓮出現，譬如說，在一些社運團體和文化性的活動或聚會中，或純粹只是三五朋友相聚小酌的若干場合。那時候他剛從台北搬過來，在光復鄉一個叫做大和（現稱富豐社區）的小村子裡租屋居住。但他的行蹤似乎還是經常飄忽不定。有時知道他的確獨自待在那個縱谷的小村莊裡，有時又聽說他因為接了公視或某個單位的案子，到外地出外景當導演或做後製作剪接之類的工作去了；只偶爾會在某個報紙的副刊或雜誌上看到他發表的文章。然後，隔一段或長或短的時間之後，他又忽然出現了，說他在哪裡喝咖啡或是在某個卡拉ＯＫ唱歌，問我可不可以過去，或者相約幾個朋友，一起閒聊喝酒。他，依然是頭髮綁了個小馬尾，蓄著短鬍鬚，帶著某種漂泊味，依然隱約散發著某些閑適自在和乾淨自肅的、讓人喜歡的文人的氣質。而在大家相聚，尤其在酒酣之後，當話題不免轉到花蓮的一些地方事，幾個人時而熱情憧憬時而唏噓喟嘆的時候，他就會快樂地說一些往往有些高蹈的嚮往或點子，或者反而逐漸變沉默了，好像帶著若干心事。然後，他也許就會提議去唱歌（他很喜歡唱歌，也唱得極好極有味道）。然後，他又會消失好一陣子，像一陣瀟灑來去遊走的風，留下讓人時而想起的些微掛念。

他這樣的存在，這些年來，我們一些朋友大概都已習慣。而這當中，他搬了三次家，但仍在大和這個村子裡，只是一次比一次更靠近山邊去。我有時路過，或三兩個朋友專程，會去看他，在他那一大屋子擁擠著擺置了一排排的豐富藏書和一些錄影帶之間走動翻閱，或正經或不正經地閒扯一些事。

記得早先的時候有人問起他為什麼忽然會在四十幾歲的壯年決定從繁

華的都市搬到這麼一個僻遠的鄉下，他都只淡淡地說，他小時候曾住過這裡，或者說在台北酒喝太多了所以決心逃離。他也很少提起以前的自己和現在個人的生活。他較常主動或興致勃勃談論的，大抵是村子裡關於他人的事：如何讓住處成為村中孩童的圖書館，如何讓村中頗具特色的客家擂茶和炒米粉能廣為人知，如何尋求外地文化界朋友的支援而在村子裡辦畫展音樂會舞獅之類的社區活動，以及為了保護村民的生命財產理應如何整治村旁的嘎啷啷溪，等等。他甚至於一再邀約一些專家和媒體友人，然後親自帶著他們沿溪探勘，深入源頭，解說危機。

在這樣的時候，在他老是不死心地一再做著諸如此類的夢想並且多少已付諸行動的時候，在平常看似又隱逸又遊蕩的赫恪身上，我才好像約略碰觸到了他溫熱的仍有牽掛的一顆心。

但也大概僅止於此而已；至於其他的，關於他為什麼可以在這個山邊小村裡獨自住這麼久，他一個人在村子裡到底經常都在做些什麼事，怎麼過日子，以及他和那些大抵是勞動種作的村人如何互動相處，等等，一些細節，我還是不很清楚。我仍然常會覺得，赫恪是風，游移不居的風。

現在，他的《一個村落的誕生》出書了。現在從書中，我也終於能夠較為真切地認識赫恪這個朋友，體會他這些年來的心與情了。我彷彿跟著他，溯著時間往回走，進入歷史裡去，辛苦穿行在芊蓁密布、石頭壘壘的河邊野地上，時而張望搜尋，一邊敬謹辨識和描繪前人走過的足跡和墾拓勞動的形影和他們的草厝工寮，聆聽不同族群的人聲笑語和嘆息，思索變遷，認知一個村落在歲月無聲無息的流淌中如何從無到逐漸成形到又如何地逐漸趨於荒寥寂寞。我也彷彿清楚看見他一個人蹀踱在村中巷弄裡，尋找著童年的祕密和記憶，觀察風雲的生變和作物的成長，或者有時停下腳步，與村中父老婦孺寒暄或深談，談人在過去的奮鬥求生、憂愁和希望，目前人的生活是個什麼樣子，或者交換意見，煩惱如何可以使村子驕傲尊嚴且有遠景地往未來走。

我也終於能夠知道，他所謂的「一直一直地漂泊做自己選定的事兒」，是什麼意思。

原先赫恪「壓根兒就沒想到會動筆寫這『村志』」。但是他說：「聽過的許許多多、隨著時移境遷、幾乎湮滅的美麗與哀愁、悲情的故事，無論身在何處，總是緊緊的縈繞著我，激盪著我產生這樣的信念：寫一本以村民為主、口述親身經歷的生活為重點，旁及史料、地理、景觀的村落史。」激勵他寫的，正是由於這一份對人的感動，對天地的戀慕情懷。他因此將這本書「獻給為生活、為『富豐社區』的過去與現在打拚的老鄉親」。

也因此，赫恪寫這本村志，無意因循傳統志書的體例形制去分章設論；赫恪雖然很認真搜找和比對史料，長期多方調查採訪並記錄口述，並因而相當鮮明地呈現了大和村的生成與變遷，但在我看來，更為可貴而讓人怦然心動的是，他也述說了個人的心情、感懷和見解。赫恪多年住在村子裡，和村民貼近生活，既能體會他們的心理，也能密切觀察各種事物和問題，甚至參與社區工作的策劃與推動。所以他所記述的，並不只是一些排比儼然的學問知識或資料而已。在這本村志中，我們還可以感覺到撰寫者的呼吸、體溫與熱情。

赫恪為他親愛的大和村寫歷史，方法上也如這鄉下野地裡草木的恣肆生長，或像種子的四處飛揚散落並萌芽，生機洋溢，蓬勃煥發，不可範囿。整本書也因此看起來是有趣的。或者如他一開頭就說的，「姿勢（形式）不好沒要緊，爽就好——人人才會喜歡閱讀才是重要」。

赫恪還這麼說：「我多麼希望，有許多人在看過這樣的『村志』之後，也會動心、動手為他們村子裡的人事物等等，撰寫一本書。」是的，藉著這樣的書寫，自我探尋。

悼祭父親

父親的生命終於走到了盡頭。這幾天來，每一想起，心中除了隱隱然常存的深沉哀傷與茫然失落感覺之外，偶爾也不免疑惑，父親的走，是不幸呢，或是一種生命的完成，甚至於是某類解脫。

五年多了，自從罹患鼻咽癌，而在接受放射線治療並因此導致唾液分泌不足、吞嚥困難、味覺受傷，之後，父親一向鮮少病痛的健朗身軀和自在神色，就急速改變了。雖然初期他還不太能接受事實甚或反抗命運地仍然時而照常至田間巡視農作，但散居四處的我們兄弟，偶爾回家，每次看著他日益遲緩的行動和倦瘦的面容，我們都知道，父親雖仍在堅持他的奮鬥，但已身不由己了。

我們卻都好像束手無策。

聽母親說，這一年來，尤其是在自覺體力腳力日漸虛弱以後，父親終於廢然放棄了對農務的操心，幾乎每天大清早和黃昏時，都會獨自到新家附近的廟埕或村郊的一處河堤散步。他執意不要有人作陪，我猜測，這大概出於他的尊嚴，而他一個人踱步於天地逐漸開啟或閉合的時分，踱步於終身廝守的平野土地上，這個時候，他心裡在想些什麼呢？他是怎樣回顧和看待自己的這一生呢？他還有怎樣的遺憾、希望和掛念嗎？這些，都是我們不知道的，而且也永遠不可能知道了。

父親早在出生五十天時就由我們的祖父母領養，高等科畢業後，經由考試進入日軍岡山海軍飛機維修廠工作，但因戰事轉劇，依祖母之勸離職返鄉並與母親結婚。其後，做為阿公阿嬷唯一兒子的年輕父親，雖曾有數次任職公教的機會，但都因孝心和責任感而從此留在鄉間，留在他一生摯愛的養父母身邊。他和母親合力在農地上操勞種作，並且為了增貼家計，曾有一長段時期，與人合夥從事青果買賣運銷的生意，辛勤養育我們這些子女。就這樣，父親走過一生。

回想起來，父親就像許多傳統的台灣父親一樣，跟我們這些子女，似乎並不親暱，既不善表露情感，也很少密切交談，更好像不曾攜家帶眷出遊玩樂。但是，父親卻又彷彿在對我們的工作交代和一起的田間勞動中，在家庭的日常生活點滴裡，在待人處世上，一直為我們呈示著一些可貴的人的氣質和品格。他堂堂正正、努力扎實地過日子，生命雖不輝煌閃爍，卻又穩定泛著令人覺得安心和溫暖的光。

或許可以這麼說吧，父親的一生以至過世，就如他所熟悉的田間莊稼的生息一樣，時而歡喜時而隱忍苦楚地從發芽、茁長、開花、結實，以至於收成和消逝。然後，又是另一次的生命循環。

這樣的生命，是厚實的、不敗的。

我們這些子女都很深很深地愛著這樣的父親。

然而，我們卻很少實際地對父親表達過這樣的愛。為了生活，我們兄弟分居異地，只有逢年過節才偶爾返鄉，只有小弟和弟媳留在老家照顧父親和母親。尤其是身為長子的我，學校一畢業，就率性地遠赴當時交通極為不便的東部花蓮教書，接著則是以政治犯之名繫獄近五年，出獄後則大致在寫作和從政之間過著不安定的生活，對父親的奉養和照顧，則一直疏忽。我似乎真的從未認真擔心過，形象向來堅忍從容的父親，有一天畢竟會倒下去。

是的，父親終於走了。我們兄弟護送著他從加護病房回老家，一起親自為他洗拭僵冷的身體、換穿新衣、抬棺、護送火化、合力念經。我們從未如此地一起悲傷，如此一起貼近過父親，如此深切感受過我們和父親之間心血的交融。

父親，請安息。

輯四 行踏

美崙

1

美崙是一片優美起伏的丘陵。它雖然歸轄於花蓮市，但是地形上卻完全獨立高踞在市區主體的東北邊，被流水經年的美崙溪從西南兩面隔絕了起來，東邊迎對太平洋，北邊以一條東西向的筆直斷層帶和機場明顯劃分開。最高的地方在西側；美崙山南北一線瘦瘦地綿亙著，大抵都在五、六十公尺的高度，向西瞭望俯視坐落在中央山脈腳下沖積平原上的花蓮市主體。站在小山上，透過枝葉的空隙往東看，就是美崙安詳的房舍以及浩瀚的太平洋了。彷彿美崙是一個特別的行政區。

你在花蓮問一個人說：「你住花蓮市嗎？」

他也許會這麼答：「不，我住美崙。」

彷彿他們和花蓮市區沒什麼密切聯繫，自有一個獨立的生活圈。

2

這個彷彿自足的生活圈裡，卻充滿了異質性。

它有許多公家機關，它甚至是全花蓮縣政運轉的中心。縣政府、縣議會、縣警察局、地方法院、稅捐處，一列排開在府前路的一旁，全部掩映在幽深的園林後。而且不只如此而已。在這裡設辦公處的，還有中央和省級的另一些單位，包括港務局、檢驗局、住都局、礦務局、國有財產局、高分院等等。

但美崙也有工業區，有種著水稻、花生或各種蔬菜的農田，有漁港。大大小小的營區則四處出沒，早早地占地圍牆。道路兩旁穩穩坐落著較密集的住宅區。它甚至有花蓮唯一的一座高爾夫球場和最大的兩家觀光飯店。

在大約一千公頃的土地上，它有全花蓮縣最密集的學校分布：六所小學、三所中學、一所大學。

兩萬五千個人居住在美崙這片丘陵地上。當有人埋首收批公文，或是在審訊問案，或在黑板上振筆疾書時，也有人正坐著船筏航行在茫茫的海上，或正琢磨著大理石，或無聊地躺在榮民之家的床上咀嚼一個破滅的希望。他們使用許多種不同的語言、口音和修辭。他們有著許多空間區位和歷史認知的差別，各自過著自己的生活。然而奇妙的是，這種種相去甚遠的特質，卻隱隱然聯繫著，並一起散發出一種優閒甚或懶散，明朗而又幽靜的氣息，一種淡淡愉悅的拍調，十分迷人。

3

將這些原本非常異質性的空間機能和人的身分統合在一起的，並不是一般的經濟相依性，而大抵是一些自然的東西。

那是在陽光下片片發亮的大海；是海天之際難以望盡的視野；是不時吹過的風，尤其是一年中三個月強勁地在大街小巷和窗簷間呼呼嘯叫的東北季風；是隨時抬頭就可望見的一片墨綠或時而雲霧輕移籠罩的大山；是到處都是綠樹繁花雜草；蒼勁的黑松，經常微微晃動著細碎葉子的樟樹，三月裡仍然只剩空枝的大鳳凰，正在吐展嫩紅新葉的欖仁，垂著鬚子的老榕，南國風的椰子、尤加利，以及花蓮特有的麵包樹等等。

以及一些非自然的東西：幾乎都斜斜地通往大海的路；引人情緒動盪的汽笛聲；幽巷裡，作為台肥宿舍的好幾排或已破落甚至埋在雜樹荒草中但仍不失典雅品味且仍娓娓訴說著一段歷史的日式房子；寬敞乾淨的大道和綠意盎然的安全島；文化中心的大廣場；貼近著海綿延數公里的海濱公園，等等。

以及這個地區從來不淹水，雖然旱季裡偶爾會有缺水的緊張；以及晨昏時候許多人在路上的閒逛⋯⋯。

這些遠山、大海、丘陵和樹木，在美崙人的四周隨時可見，彷彿協力建立起一個生息的基本背景，成為彼此歧異裡的一種緩衝，消化了其中的對立性或任何可能的不愉快，學習包容與從容。經由這塊丘陵上的自然事物，得到了舒緩與撫慰。

從周遭的這些共有的事物中，通過季節緩慢的循環，通過歲月，他們逐漸醞釀起共同的記憶和珍惜，卻又各得其所，維持一個合理的人際關係，甚至於形成了一種令人覺得神閒氣定的氣度和品質。

4

所以如果你來花蓮，除了大氣大派的太魯閣山水和東海岸之外，你也可以安排時間去體會一番有著各種文明的便利卻又悠然自如的人間美崙。

你當然會沿著海濱大道散步，一路慢慢穿過晃動的椰影，看著風吹過陽光閃爍的湛藍海面，聽枝葉間發出的簌簌聲響。那時，也許只有一隻貨輪正在卸貨，整個新港內空蕩平靜。或者在黃昏時到亞士都附近的海邊，坐在板條凳上，捧著一碗蚵仔麵線看海，看一艘艘小船或塑膠筏出港或回航。

你也可以折進幽靜的小巷，穿過一落一落的日式黑色木屋，在鬱綠覆蔭的黑松下尋思櫻花與武士刀的遙遠氣味。或者就走遠一點，經過一些眷村和大陳一、二村，在村外和必然穿著皮鞋散步的老榮民們唏噓談論現代史。

如果你有時間，最好也能繞個大彎，走進伸入海中的長堤，去那裡的漁港，聞一聞海的腥味。許多滄桑的漁船就在小水灣內微晃；海水輕輕地濺盪吟哦。幾位漁民在魚市場的屋影下慢條斯理地切割用來作魚餌的鯖魚，一邊抽菸聊天。賣香腸的小販正在烤一尾大赤鯮，氣味和青煙都一起飄過港內那一帶乾淨的水面，飄過對岸的大貨輪和軍艦上方，飄過更後方綠意瀰漫的屋舍，然後幽幽地消失在遠遠起伏的美麗大山前。

而如果你走累看累聽累了，你當然可以去有氣氛的觀光飯店喝咖啡或吃西餐，但你也可以去「魯豫」或「老地方」吃一碗麵片或刀削麵，或者去一間茶室對面吃一盤花蓮最帶勁的炒蝸牛，喝幾瓶啤酒，或者在下午過後去花蓮中學圍牆外碰碰運氣，看一看可否蹲在樹下吃一盤有著二十多年歷史的臭豆腐。

5

晚上不到十時，美崙的大多數商家就打烊了。稀疏的路燈和家燈閃動在樹葉間。有些小巷甚至烏黑一片，只有空蕩的鳳凰樹枝張揚著襯托在微明的星空下。青蛙和小蟲四處起落鳴叫。情侶還坐在海邊黝暗的樹影裡。有時，他們也會吵架，輕叱聲時而從海浪和風聲中洩漏到大馬路上。薄薄的夜霧從海面悄無聲息地上升，漸漸地淺淺罩著丘陵上的各色人家，罩著生的平凡和神祕。

這時只剩觀光飯店附近少數商店的亮光仍在炫耀著誘惑和刺激。

這也正是目前這個輕鬆自在的美崙的大危機。

當外地商人接踵而來，以誇張的排場大炒地皮，當一棟一棟的大樓逐步取代了生氣煥發的綠樹和大山大海的視野，當證券大樓在不久之後開張，當「菊子姑娘」酒店招朋引伴紛紛各立門面，競爭和交易，當越來越多的大海輪在港灣進出，裝卸水泥、木頭、礦砂，而一部一部的大卡車狂嘯而過，那麼，在美崙，生活或散步，就將不會再是自在的事了。

但現在，美崙仍是迷人的美崙，一個在自然風味環護中屬於人間可欲生活的美崙。明早，太陽又要從遠遠的海天之際升起，美崙也將是第一片迎著陽光的土地，然後悠悠醒來。

府城・三天的風

1

Sakam／Provintia（一六二五）／Zealandia（一六二六）／de stad Hoom（一六四八）／承天府（一六六一）／東寧府（一六六四）／台灣府城（一六八四）／台南府城（一八八七）／台南市街（一八九五）／台南市（一九二〇）。

赤崁文史工作室的朋友送我們一本二十八乘二十八公分、規格特殊的薄冊子，第一頁排列著這些字。最後一行說，這些都是台南市以前的名字。

這些名字，和那些標示了年代的數字，一行一行唸下來，抑揚頓挫起落，回聲雜沓，似斷裂跳躍又接續前行，有爭戰殺伐流離遷徙定居統治被統治以及知識器物房舍典章與制度。彷彿是一首詩。用好幾個世紀的不諧和的語詞、音韻與腳註寫成；節拍一再變換轉折，情緒低低的。

也彷彿是風吹過。

一些光輝，偶爾閃爍。

2

小冊子裡有一幅一六二六年（中國明朝天啟六年）西班牙人畫的台灣島荷蘭人港口圖，圖中有荷人的商館和堡壘，有日本人村，有中國漁夫與海盜的共同聚居處，有三個原住民部落。荷蘭人在小山丘上圍捕梅花鹿。牛在港邊吃草。港內停泊一些荷蘭船和戎克船；港外也有。若干樹木點綴，山巒起伏。

有山有水，不同種族的移民和本地人一起生活，好像簡單安詳。

然而，台灣就是這樣從此走入世界和現代史的。走入坎坷複雜，也走入信仰和教化。

3

早晨我們走出住宿的飯店，才坐上車，導覽的鄭先生立即就帶我們進入了歷史。他說我們住的地方曾經是一片汪洋，後來是魚塭。我斷續聽到台江內海、古運河、戎克船、鄭成功、太平洋戰爭、變遷、命運等等的名詞，一時間令人恍惚錯愕。車身搖晃，許多高樓、商家、車輛、行人、紅綠燈，以及一些仍在初秋此時開花的鳳凰樹，也一直從我身邊晃過。我忙著在不同的時空裡穿梭。

微涼的風悄悄地吹，吹過千千萬萬的生者，以及逝者。

4

我們陸續去了一些歷史的現場。各種建築，各種權力和功能，各個相異年代的追求和型制，傾頹了翻修了改建了或著仍保留當年的樣子。後來者因此重構或詮釋了前人的價值和居心；同或不同的歷史與文化訊息，或疊覆掩蓋，或踵事增華。那些牆垣、稜堡、山門、飛簷、窗櫺、石碑、匾額、塑像、雕刻、書畫、文字，是的確都在說話，說動盪歲月裡的爭執和得失，說若干宮闈軼事，但也在說雲煙的過往，說人的恐懼、自肅和努力。

5

最令我感念的是林秋梧和他出家的開元寺。

四百年中各個更迭著出現在這塊土地上的勢力，他們的事功，一如他們一時的興衰，或許曾留下一些教訓和物質的基礎，但也包含不少讓人唏噓的成分。林秋梧，照片中看來很斯文的一個人，卻通過他的文字和行動，用他的認真，樹立一個典範，超越了時間。

我在他的佛寺裡喝茶、散步。七、八棵龐大的古榕覆蔭著幾乎整個寬

闊的前院。院側數塊石碑並列，分別刻記了嘉慶、光緒、民國年間幾度整修的經過。山門是關著的，鏤空的繁複雕飾外面，人車在大街上匆匆來往。一位女尼坐在前殿門前的菩提樹下讀經。麻雀嘰喳，不曾稍息。陣風吹過，菩提樹葉紛紛飄落。

我在四殿兩廂間慢慢穿行，覺得這位誕生在一百年前、只活了三十二歲的革命詩僧一直就在身邊。

6

過去，其實不曾過去。

文資中心送我們的「老建築新生命」這本書，大略說明了國家台灣文學館成立的動機、推動與籌備的若干周折、選擇建立於一九一六年日據時期的台南州廳作為館址的用意。書中也記述了學者專家匠師們如何用心苦思的事，包括他們為了維護建築物原來的種種元素語彙、它的美，以及未來久遠的機能等等，如何針對屋頂、牆面、柱式、窗戶等等的整修一再討論思考和試驗施作的經過。

在這些述說裡，我看到了所謂的文化傳承和創造、人的夢想和熱情。那一天，我在館內外行走，想到的，主要的也是這些。

後來，慶祝的儀式結束了；那些熱鬧的聲音和活動，像一陣突起的騷亂的風，很快又平息了。只有那些文字的藝術留下來，在文廟旁邊，在這個莊嚴而優美的文學館內，繼續發出幽微的光，靜穆地說一些關於意義、生活和哲學透視之類的追尋。

7

夜裡我推開旅館的窗向外望。整理過的運河在昏黃的燈光旁。樹影在風中搖曳。有人還在散步。對岸也仍有霓虹閃爍。車聲隱約，隨風進入室內。

我返身，再一次翻閱那一本開數特殊的小冊子，看著第五頁的一張圖。我想像著猜測著我的祖先們應該是怎樣從海上摸索著登陸，怎樣地帶著信心和種籽，或跟友伴參商著或奉命尋找安身定居處，怎樣越過那幾條陌生無名的溪，越過一片又一片的野地，而後終於在北港溪南落腳。我一再地想像猜測他們為什麼這麼做、他們如何過活、生存是個什麼樣子……。

風持續從窗外進來，持續說一些代之盛衰、物之豐簡、俗之文野，等等的事。

註：二〇〇三年十月，國家（現改稱國立）台灣文學館在台南正式掛牌揭幕，主辦單位邀請了二十幾位文學創作者出席慶祝典禮並參訪舊台南市區內的多處古蹟，前後共三天兩夜。

三月合歡雪

即使到了四月，雪季仍會逗留在台灣的某些高山上，這，我是知道的。但是今年三月初，我取道大禹嶺去合歡山，過了海拔兩千八百公尺以後，目睹滿山遍野豐滿的雪在太陽下閃爍生輝，猶不免感到十分詫異。

因積雪過深，往霧社的越嶺路，交通仍斷。沿途中，前前後後，大概有將近二十部車子埋陷在深雪裡，包括兩輛計程車和一部大巴士。雪還在車上慢慢融。有一班在演練作戰的士兵，裹著厚重的衣服，戴著墨鏡和包住整個頭的毛線罩，散躺在路邊危崖下的雪地上。

所有的山巒谷地因厚雪的堆積而柔和起伏，透亮的一片白茫茫，其間只時而出現一些靜靜佇立的蒼鬱冷杉林，以及偶爾嶙峋凸露出的一角黑褐色的破裂板岩。豔陽兀自熱烈照耀。絲毫無雲的藍天。極熱和極冷奇妙地結合成一種很清朗的氣勢，與顯得極其純粹的色塊、線條、形狀一起發著光，一起陪伴我孤獨的踱步，和著冷冽的氣息與味道，一一沁入我的心底。

我有時穿過山壁間忽冷了起來的陰影，有時走在坦然耀眼的雪坡上方。南湖大山和中央尖山在左，突出於很遠的天邊群山外；全面積雪的合歡主峰在右，隔著也積了雪的合歡溪上游；巍然聳立的奇萊北峰則在不遠的前方一直引領著我。腳下窸窸窣窣的聲音迴盪在整個絕對無聲的寒山間；心緒似乎時近時遠，在一種極其清澄的喜悅裡晃漾。

三隻金翼白眉在路旁的四棵冷杉間跳躍。我有時停下腳步，揉一個小雪球，讓它急急滾下很深很深的也積了雪的山谷。

合歡東峰北坡下松雪樓的屋頂上，雪約二尺，門戶甚至於也被擋住了一小截。我將背包安頓好之後，又回去雪地散步。

下午四點多，陽光從合歡主峰銀白的斜稜上方射下來。但熱力正迅速減低。大山的影子在雪地和一些山林間緩慢移動。一陣可能被夕陽催起的霧，在很遠很深的谷地浮移，輕輕飄過一處密林的上方，飄過寒訓部隊覆滿了雪的營舍和操場，捲起散漫的白煙。從望遠鏡裡，可以見到幾個走動的士兵的小黑點在雪霧中忽隱忽現。

雪幾乎掩埋了一切，但也使這個高山世界變得異樣的單純和安靜。我時而停下腳步，如冷杉般定定地站立，希望去把握或認知這充塞於天地間的單純和安靜的奧義。

四隻岩鷚，不知何時，竟然出現在我身後只露出車頂行李架的一部箱型車上。牠們時而嚶嚶吟叫，時而抬頭悠然四下顧盼，圓胖的身體在微風中張揚著灰中帶有赤褐斑紋的羽翼，好像與我一樣在守候一個雪中寒日索漠卻又輝煌的結束。

我和牠們保持在大約一丈多的距離，互望了十來分鐘。但是當我更為靠近時，牠們就飛走了，隱入附近一處山彎後的暮色裡。

暗影聚合得很快，消失了遠遠近近的許多山和谷。冷氣刺人。我辛苦爬上一處大斜坡，再讓自己滑下來。雪花四濺，屁股也濕了。然後，我滿足地回山莊去。

隔天，我一大早就醒了。室溫攝氏一度。奇萊北峰的身軀凜凜然，正漸明顯地襯映在東方淺灰藍的曙色中。而它的北坡外，未被大山遮住的天際遠處，以橘紅為主色的一長幅朝霞橫披延展，彩紋搖盪，不停息地相互渲染。我站在山莊的後門口，全身顫抖，凝視這高山的日子如何悄悄地從那豐潤顏彩層出不窮的幽微湧動中走出來，張望光影漸漸敷抹過所有的溪谿和數千個圍繞在我四周的山頭。雪地上的寒光閃閃發亮，從我腳邊開始，一直閃耀至千餘公尺外奇萊峭壁下鬱綠的森林邊。

我再去雪地徘徊時，發現經過一夜的冷凍，雪地表層都硬化了，甚至結成薄冰。足音清脆，在空山間傳得很遠。五六隻烏鴉在合歡東峰高處一小片密閉的冷杉上方盤旋和起落，不時發出大略三種截然不同的叫聲。

我又爬上山坡去滑了兩次雪。由於雪硬，手腕割了好幾道傷痕，雨褲也破了。

太陽升至奇萊北峰的稜線上。

我回去山莊煮咖啡，時而抬頭看山。

厚厚地積在屋頂上的雪，昨天融化了一些之後，有的來不及滴落而被夜裡的冷氣凍結成許多支尖削的冰柱，高高垂懸在屋簷邊，此時則又開始融化了，先是一滴一滴的落，然後轉為快速連續而下，在陽光的照射裡有如亮麗的銀珠串，淅淅瀝瀝地在窗口的雪上響個不停。後來，有的冰柱整支掉落，碎片甚至撞到我的身上，驚起漫步窗外的金翼白眉。

這些台灣特有的鳥，真是貌如其名啊：雙翼銀藍中泛著金黃，眉毛既白且長。牠們有時一隻、兩隻或是三五隻，在堆疊至窗口的雪上與窗外不遠處的數棵冷杉間來回飛躍棲停。牠們毫不畏懼人，經常自在地走到我伸手可及的地方，尾部上下擺動，和我那麼靠近，使我感到莫名的歡喜。然而牠們卻無平常的熱鬧喧譁，而只偶爾低沉鳴叫，叫聲中似乎還透著些微的寒涼和寂寞。

我不清楚牠們是整個冬季都待在這個冰天雪地裡，或是在遷降之後最近才回來的，但牠們卻使我想到，對所有的野地生命而言，寒冬畢竟是相當殘忍的季節。在雪封的大地裡，絕大部分的生命沉滯靜止，有的甚或死亡了，如昆蟲，有的則長期睡在重雪下，將身體的功能降到最低，如箭竹、虎杖和高山鼠類，或者如一些鳥獸乾脆出走他地。所有的動物和植物，都在大自然的寂靜裡感受著生存的嚴苛。

不過，春天總是會來的。春分距此時只有十九天了。這些金翼白眉的低鳴和雪滴的聲音，或許也可能是一種和聲，一種生命的節奏吧。這和聲與節奏在冰雪上回響，和遠近不一的各個高山深谷相呼應，一起呼喚生機的重臨。

今年合歡群峰的春天，也許真的來遲了。然而高山上的春天本就不是一下子來的。暖陽和冷風一再交替著分別照顧和吹拂之後，雪層才會逐漸消融；然後梅雨到來，解凍的水緩慢地點滴滲入岩隙，冷杉和枯灰了的箭竹則開始萌出嫩芽，小草急速發葉和成長；五、六月之後，某些植物趕緊開花，蟲卵也已孵化，而我這兩天當中不曾見到的酒紅朱雀、鷦鷯、深山鷹、栗背林鴝等等，也將呼朋引伴回到這青蔥連綿的高山草原上互比歌喉。

昨天，有兩位在這個地區作鳥類調查的研究生，以不敢置信的語氣對我說，他們竟然會在小奇萊黑水塘附近的雪地樹林裡發現一群以中低海拔為主要棲息地的紅山椒。

或許，這一切，都是宇宙大地的祕密吧，是時序的祕密，風雲的祕密，大自然的祕密。

金翼白眉繼續在我的身邊走動，融化的雪更是不斷滴答著，時間的光影在雪地裡行走。一切都是美，都是令人安心、憧憬和快樂的秩序與奧祕。我喝了一口咖啡，抬起頭來，遠遠望見南湖大山和中央尖山積雪的稜脈附近，正有一絲薄雲浮走。

重回玉山

十一年前，由於一樁美好的機緣，我有幸能在玉山國家公園的高山世界裡，陸續地進出盤桓了一年，並以《永遠的山》一書，大致總結了我這一年歡喜讚嘆的經驗。然而隨後的這十一年來，雖曾幾次打算上山，甚至一度和數位好友討論過所謂玉山十一群峰的大攀登計畫，最後卻都未能成行，只有一次回到塔塔加，漫步在鞍部附近，時而舉目，對著那幾座浮露在雲霧上的赫赫有名的山頭遠望遙想而已。

十一年後，終於可以回來了。

清晨我們在登山口準備出發時，金翼白眉嘹喨的鳴叫聲，在身後麟趾山不遠的某處草坡灌叢間，熱鬧地響了好一陣子。上路後不久，步道旁不時出現了一些已過盛開期的花朵，其中特別顯眼的是，深粉紅色的玉山石竹、淺藍色小鐘狀的台灣龍膽、黃菀、白花香青。這些聲響與色彩，這些高山自然裡的小生命，都曾是我相當熟悉，而且就是在這個地區初次認識的。簡單的這些聲色，伴同著安靜立在輕輕晨霧中的那些雲杉二葉松的蒼鬱身影，以及遠遠近近起伏交錯著的山巒溪谷初剛甦醒的模樣，它們，很快就把我和過去的記憶連接起來，把我和我曾經徜徉其間的一個廣闊豐繁而悠遠的世界連接起來。啊，許許多多和美麗的事物悠然相見或忽然遭遇的時刻。

都還似曾相識：起初是高山芒、箭竹、二葉松為主的次生植被（雲杉則在身邊的沙里仙溪源頭谷地裡）；然後箭竹增多，二葉松也更為茂密；然後是鐵杉白木林間火焚之後再生的箭竹、杜鵑和小鐵杉（白木林似乎少了很多，大概是因為有的已枯盡倒下了吧）；然後穿過已達終極相的原始鐵杉林；然後逐漸過渡到冷杉純林（它們從此遍布至我們夜宿的排雲山莊，並再往上至大約海拔三千六百公尺；對岸大片陡崖峭壁上密密挺拔矗立的，也正是）；然後，森林不見了，只剩少數幾種堅苦卓絕地成長在寒天下的灌叢：玉山杜鵑、玉山圓柏、玉山小蘗（多刺的小蘗，此時的葉子幾乎已全變紅）；然後是破碎的裸岩地帶（等到夏天，一些小草本植物的各色鮮豔花朵，才會赫然出現）；最後，最高處，玉山主峰（我曾在書裡特別記述過一隻孤獨地迎風跳躍在峰頂亂石間的岩鷚，這一次，在同樣的位置，也有一隻出現在我眼前，同樣只有一隻，難道牠們是同一隻嗎？可能嗎？）。

都還是一樣令人深深驚喜而又困惑的生命秩序。

歲月悠悠，山川大地逐漸成形，植物生根發芽，努力適應著成長，堅持地默默走著它們自有的生命歷程，陽光月色一再更換來相照，風和雨和雪或強或弱地吹打過枝葉，鳥獸在其間穿行飛翔或跳躍，覓食叫喚和繁衍，霧生霧散，雲的影子走過一個山坡又一個山坡，春天之後接著是夏天，接著是秋天，接著是冬天，不斷循環反覆，一年接一年，它們持續地求生和茁壯，有的枯萎死亡，地盤讓給了其他的種屬，彼此激烈競爭，卻又互相依賴，因應著不同氣候帶與生存條件，慢慢地，慢慢地，各種植物社會於是悄悄出現，運作，演化，彷彿蕪雜其實帶著謎樣的條理和神奇的秩序，自由與侷限並存，擴張延伸，自有層次，森森然，一路散發著生機，從標高二六五〇公尺的鞍部登山口一路錯落披展，在高山上深谷間，到峰頂。

如此的豐繁繽紛。然而，這些毗連起伏的山林，在天光大氣裡，經常卻都顯得極其單純，色澤由近處的淺綠輕輕過渡，加深，細緻地渲染變化，漸漸、漸漸地化入極遠處粉粉墨藍的山巒嶺脈，襯映著同為藍色調的天空，蒼茫幽渺，如夢境，當白日晴朗的時候。而當雲湧雨落，草與葉沙沙響動，動物噤聲，天地一片溟濛，所有的山嶺溪谷和森林都消失在溶溶的水霧裡。然後，也許幾分鐘之後，也許一兩個小時，也許隔天，在難以捉摸預料的時刻和方位，山和谷和樹又都漸次露臉了，一樣是微妙染化和過渡的藍綠二色，閃著寒亮的光，神情還是那樣單純澄淨，迢迢遙遠。

這些毗連起伏的山林，一起聳立出一個龐大堅定、彷彿無邊無際的結構，如如不動，氣勢渾然。這其中，自有磅礴凝重的威儀，甚或洋溢著蠻獷氣，但又經常顯得含蓄幽微，似空若無。在靜動之間，在重輕之間，在飄渺迢遙的天光山色中，一方面隱隱然綿綿不絕地透露出無限的宏深寂靜，一方面又好像永遠有一泓深沉澎湃的音樂在自由流動，旋律貫穿湧迴在這個高山原始世界裡，呈示著宇宙大地的神奇，時間的祕密。或者，好像有一個神靈，在其中，緩緩呼吸。

這個高山世界裡，必定有一些絕對的東西。

這次重回玉山，走的是一般行程，從登山口起算，兩天一夜，住宿山莊，隔日登頂看日出。這一整段途徑，那一年裡，我曾經揹著大背包走過許多次，而前前後後住在山莊二三十個日子，每天更是爬上爬下地四處闖蕩，看山看雲看樹看鳥。也曾經有兩次，在山野中漫遊了大半天之後，回到住處，發現人多吵雜，於是又揹起行囊，去三公里外白木林下目前已改建為休息站的避難小屋獨宿。當時，體能真是好啊，而且熱勁充滿。但這一趟，即使各種負擔都安排得輕鬆很多，走來卻竟然會偶覺身體疲累。人，的確是在老去了。

興奮的心情則還在，並且全程相隨。戀慕和虔敬的感覺，也是。我好像在遺忘多年之後，再一次通過早年曾通過的某項點滴接受啟蒙的儀式，似熟悉，又陌生，帶著迷惑好奇，或如遊子回鄉一樣，有一些情怯，但也熱切地，想要追尋過往的一些美好的時光和景物，在其中尋得慰藉，並重新肯定自己。

的確，在這個高山世界裡，的確是有一些絕對的東西。的確仍是令人讚嘆歡喜，在我們台灣最高的這個心臟地帶。

島嶼巡航

三月初，一波東北季風的鋒面帶著強風冷雨，連續兩天之後，氣勢已明顯減弱，雨疏了小了，早晨的陰雲轉為較淺的粉灰色，但也仍渾厚綿綿，含蓄著濕意，在港口上方緩慢浮動，遍布到西邊山脈的腰間。我們按原定的計畫，從花蓮港出發。就這樣，一個月，我們沿台灣的海岸航行，整整一圈，坐著借來的一艘名為多羅滿的二十噸賞鯨船。

坐船這樣繞島一周，對我們八個人而言，都是未曾有的經驗。出發前，在預為準備、籌畫聯繫的那一段期間，我往往就在討論的會議中，或者在獨自翻閱著相關書籍與資料的時候，忽然間心思飄走了，憧憬著，神意搖晃，想像動盪的藍色海水，一些我們將會泊靠的港口灣澳，各種漁船，一些陸岸，高山或者是平沙展延，鷗鳥飛掠過船邊，一如思緒輕盈飛翔的影子，好像很浪漫，甚至於帶著些浪蕩和冒險的氣息快意，好像就要去一個不曾去過的遠方長期旅行了，遠離所有習常的人和事和物，落拓自由。但回神過來之後，常也會有一些擔心疑慮。這一個以「福爾摩沙海岸巡禮」為名的活動計畫書上，寫著「找回屬於台灣的海洋文明」以及「宣示生活領域」之類的嚴肅叮嚀或呼籲。航程中每個人也各有規定的任務，要分別用文字和影像去記錄海域環境、沿岸生態、海岸景觀、漁港漁業等等。有人甚且提及，自從西元一六二五年荷蘭人繞島航行並進而繪成福爾摩沙第一張如實的地圖以來，歷史好像不再記載過有人曾為了觀察和記述台灣海岸線而沿岸航行。我們將是第一次。意義因此多重而重大。好像我們少數的這幾個人，坐著這小小的一隻船，將要重回一個歷史現場，將要溯著時間往回走，摸索著進入湮遠的年代，要去把隔斷了將近四百年的歷史接合起來了，同時，巡視我們其實從不曾見識過的這個島嶼目前的疆界。在興奮嚮往和好奇之外，以及些微的虛榮之外，我因此覺得不安，甚或心頭逐漸沉重。

在籌備期間，我曾多次將一個直徑十二英寸的地球儀拿出來放在書桌上，將它反覆轉動，看著。在這個比例四千一百八十四萬九千六百分之一的圓球表面上，我們的島嶼真的很小，只比一顆蓬萊稻粒稍大一些的一個地方，四周淺淺的藍色海水環繞。它的確很不起眼，然而在這個球體上，卻也確實有一個位置。這很奇妙。那一道在圓球上繞了一圈的細細的北回歸線，輕輕橫過它的下腰部，並且把一些海洋和許多遙遠的異國串聯了起來。這也是奇妙的。接著，將這個圓球放大之後，但其實則是將我們的島嶼縮小為五十萬分之一之後，在攤開來平放的一張地圖上，這個島是顯得十足地有模有樣的；總長一千一百多公里的海岸線，時而伸展，時而連續曲折迴彎，輪廓多姿美麗。我循著地圖上一色淺藍的海域，循著我們預定要走的方位，從東岸的水面往北，然後在島嶼北方漸轉東北，再大轉折而南，而西南，然後大抵一路而去，直到最南端的半島，橫過巴士海峽，回到東部海域，一路找尋二十個漁港的名字，

找出我們預定進入停泊的港口所在，一個港一個港地靠岸。

確實我們幾乎每一天都在出發和離開，但也每天都靠岸回來。一個港接著一個港。這些港口，好像是旅途中一個又一個的驛站，或像是進出的門戶。我們整個月一直仍在熟悉的自己的疆土內，不曾遠離，不曾跨越至另個空間或文明，不是去遠方的異地他鄉。特殊之處，只在於我們每天都在往返跨越意味著隔閡和阻絕的海岸線，而經由的路徑是沿岸的水域，以船隻為交通工具，一個小小的生活空間，在洶湧的海水間衝濺前行，孤立移動，在永遠起伏不定的空曠而神祕的海洋，一個長期以來對絕大多數的人而言彷似禁地且令人畏懼的海洋。三十天裡，我們一直沿岸航行，一再地從不同尋常的海的方向接近我們的島嶼，看見和到達我們的島嶼。入港時，堤防上的紅燈塔在右，白燈塔在左，報關，通過安檢，然後靠岸。出港時，報關，通過安檢，紅燈在左，白燈在右。

三十天，都是這麼過。

彷彿是一種儀式。

這一趟旅程的意義，或許就是這樣子的吧。通過某種儀式，通過一些禁制和阻隔，通過一些他造和自造的恐懼和疏離，通過屬於我們自己卻又完全陌生的水域，發現一些訊息，並且盡量留下紀錄。

海水洶湧。我們以大致一小時十浬左右的緩慢速度前進，對照海圖，仔細觀察辨識著陸地，用望遠鏡搜尋岸上的某個地標，推定關係位置與距離，判斷航向方位，一邊看著深淺機的圖示，注意海水的深度。然後小心地進出港。

然而我們所能參照的航海資料，其實很有限。由於自然與人為力量不斷相互作用，造成變遷，海圖上的標示，有時無法與現況吻合。我們所最依賴的老船長，比起大多數終生大抵只在自己的漁村小港出入、只熟悉附近海域的漁民，他三十幾年的海上經驗，算是豐富的，但也僅限於他在討海生涯中所走過的少數幾個港口而已，而且憑的往往是許多年前的記憶。我們沒有很多憑靠，因為這是第一次。我們有時好像是在摸索著前進。靠岸後，船長常會很快消失不見，向當地的漁民打聽隔天的航線和入港的資訊去了。有三次，我們的船在海上慢慢駛向作業的漁船，停止，呼喊著問路。進港前後，尤其是在西部的海岸時，全船上下，氣氛一片緊張凝重。甚至有一次進出港，竟然都必須請膠筏引領；我們小心翼翼，亦步亦趨，尾隨著迂迴走過蚵棚夾置間既淺又窄的航道。

的確大都因為是第一次。但有人又笑說了，我們是在創造歷史。我們幾個人，既說不上是要進行嚴謹的調查研究，更非奉命要執行什麼海防之類的任務。我們的任務，是自派的。我們只是因為喜歡，只是出於一些類似海闊天空的嚮往，希望能蒐集和記錄一些實際的見聞，累積資料。我們也相信，要使這麼近地包圍在我們四周的海洋成為平常生活的場域，這一類不是那麼學術性的記載或描述，十分必要，一如登山者有關登山經驗的記述。

我們並沒有走遠，也不是在旅行觀光；我們在自己的疆界內巡視，觀察海以及陸地的外緣。我們好像是自我禁錮在一座大族屋內好多年好多年之後，終於踏出門限，帶著些許的歡欣、憂傷和疑惑，腳步躕躇著，在戶外寬闊的庭院裡走了一圈。第一次，我們終於可以從戶外的角度看到這一座住屋多樣的外觀、方位和若干曲折變化的轉角處，見識了大自然的神奇力量，歲月的滄桑。斷崖，岩礁，三角洲，鼻岬，灣澳，沙丘，階地等等，面貌形態特質，都很不一樣，但都是我們的海岸。我們靠近著它走過，當在東部的時候；而在西部的沙質海岸外，我們的多羅滿號也盡量保持離岸三浬內，即使有時霧氣瀰漫，或是鋒面將至，風雲變色，難以看清楚岸邊的景物。

我這一趟出海時，其實並不知道自己是不是有什麼追尋。有時在海上風雨交加或是每次經過鼻岬，船身劇烈衝撞震盪，有時難得氣流溫和，船依然不停搖晃，我坐在下層甲板的桌椅邊努力寫筆記，時而抬頭望著永不歇止的波浪和不遠處的陸地，時而聽見一樣永不歇止的引擎聲水聲風聲，這些時候，我似乎很快就和起伏的海水取得一個相應契合的節奏，輕盈自由，而那不斷的晃動顛簸，則有如一種令人愉快的篩動洗瀝，喚醒一些心思，並且讓一些心思逐漸沉澱下來。這些時候，我彷彿可以知道了海洋、水流、潮汐的祕密，時間的祕密，土地的祕密。我想著我將如何描述眼前這一大片海水的顏色形狀，或者往往就回憶起了昨日或幾天前停泊的港口，想到那些漁港的氣息味道、船隻的長相、人的勞動和臉孔。我甚至於曾一度很想念那一隻獨自在王功港內退潮時的泥灘中整整覓食了一個上午的白鷺鷥。

然後，又要進港了。我們靠岸，然後休息、補給、與當地的漁民交談、有時拜訪一些協辦的社團、煮晚餐、趕寫紀錄或航海日誌、開工作會議，然後進入侷促的底艙睡覺。我們的船和碼頭由纜索繫連著，隔著一片窄窄的水。睡夢中在艙底常會聽到水波輕濺艙壁的聲音，感到船身搖晃，或是正在隨潮水漲落，心中覺得踏實。我們盼望明天能依原計畫繼續航行。

走過雨林邊緣

1

飛機終於降落在北緯約二度的古晉時，已是晚上十一點了。巴士輕晃，載我們穿過正漸入睡的異國市街。車窗外光影依稀，一些不習見的各式建築物，馬來、英、華文並列的店招和街名，幢幢的樹叢，疾速地閃現和消失，伴著車子的左彎右轉，恍若催眠，催我沉入一種彷彿既遙遠又貼近的、帶著些許莫名興奮的情緒裡。

我甚至早已分不清空間方位；我只曉得自己正在接近赤道，接近一條既抽象又十分確切地將地球均分為南北兩半的假想線。

隨車的砂勞越導遊大鄭用華語快樂地介紹著他的家鄉。他說：「古晉是一個叢林中的都市。」

隔早起來，才知道我們的旅店緊依在砂勞越河邊。陽光閃耀在顯然挾帶了不少上游泥沙的寬廣河面上，水流沉緩，洋洋灑灑。蒼翠的樹林連綿在水的一方，把守著觸目所及的那一整帶河岸，以及其中的幾座馬蘭諾人枯葉色的高腳屋。薄薄的水霧在河面和樹林間輕移，使得那片蒼綠起伏的水湄好像正在黃濁的大水與藍天之間靜靜地浮沉。旅店後院的一排棕櫚樹在微風裡搖擺著張揚的葉子。一隻黃身灰頂的小船無聲地往上游走。我感覺到熱帶地區萬物慵懶初醒的一種悠悠氣息。

後來我們站在市民中心的高塔上四下瞭望。整個古晉市確實像一座森林公園；每一棟或古老或新穎的建築都被包圍和庇蔭在綠葉中。我從近處就可以看到許多次生或人工栽種但都已高大的欖仁樹、大葉楠，甚至於刺竹叢。還有更多是我叫不出名字的。而在遼闊且大致平坦的市區大範圍外，北面臨海的遠方，粉藍氤氳，向著內陸的地帶則隨著地勢的逐漸升高，樹木越密集，一直延伸入婆羅洲島中心蒼莽陡峻的山區。

很顯然，我是來到一個生機蓬勃的大自然世界裡了。各色人種在其間生活，與植物生命並肩成長，視野裡滿是耀眼的綠。

2

古晉是砂勞越的首府，而砂勞越，在政治上，是馬來西亞聯邦的一個州，但在地理上，卻獨立在外，位於世界第三大島婆羅洲的北面。赤道線從這個島上橫越而過。

每一年，太陽在這個地區往返走過兩次。因此砂勞越無四季之分，日夜溫度終年介於攝氏三十三度至二十二度之間，年平均雨量則從兩千到兩千五百公釐不等。十二月至二月是雨季，隨西北季風抵臨。但其他的日子裡，午後也仍時有陣雨。

全年陽光充足，溫度高，雨量充沛，一起構成了植物繁榮生長的完美條件。據專家估計，全婆羅洲島上的樹木在三千五百種以上。蔓藤、蘭花、鳳梨科、蕨類等種屬更超過這個數目。單是一棵樹，就可能附生著十餘種蘭花。

這是一個龐雜而成熟的植物社會，是歷經千萬年的演化而來的，是一個為我們的地球遂行呼吸功能並製造大量氧氣的巨肺。

這裡，就是所謂的熱帶雨林區。

然而熱帶雨林的生態也非全然一致，其中仍有低地、山區、沼澤、海岸等各種雨林之別。

砂勞越的地形大致有三種面貌：海邊與河口多沼澤地；內陸是與印尼接壤的婆羅洲深山；夾在這兩者之間的是河流小溪密布、地勢時或微有起伏的低地。也因此，絕大地區仍為原始雨林所覆蓋的砂勞越，存在著各種雨林相。

3

我們在砂勞越三天，活動範圍大都集中於山都望山附近的海邊和海上。這一帶沼澤地裡豐富而特殊的生命現象，常讓我驚訝不已。

亞答樹就是其中之一。

亞答是一種棕櫚樹，但根莖粗短，向四方擴張，葉子叢生如鳥巢蕨，形狀則像山棕。最奇特的是，它們竟然長在海邊低地潮間帶的上緣附近。我們從古晉去三十七公里外的山都望海濱時，沿途兩旁甚多這種我不曾見過的樹，一大叢一大叢的，全部高過人身，和一些灌木雜草長在有著一坑坑小水窪的地面上。我原以為那是雨後的積水，並且認定是人工刻意栽種的某種經濟作物。後來才知道它們是野生的。當海水上漲，它們的根部和每一枝葉基都會浸泡在鹹水裡。而我們走過的路，其實都是在泥沼地裡堆築起來的。亞答是此地極具特色的沼澤地代表樹種。

對當地人來說，亞答全身是寶：花梗內的汁液可以製糖和醋；果肉曬乾後白硬如象牙，可用做紐扣之類的飾物；根莖部可以提煉鹽；葉子的用途最廣，可用以蓋屋頂，製香菸紙，或編籃子、草蓆、掃帚之類的日常生活器物。

沼澤地的另一種典型植物是紅樹林。

我們走架高的木板橋通過河口灣處紅樹林的沼澤地。潮水退至遠方，橋下附近全是灰濁的爛泥。很多彈塗魚，大都有十公分長，拄著前鰭在泥中爬行，有幾隻則攀在樹根上。一棵棵的紅樹，各由許多露在泥濘上的支持根支撐著。有一種紅樹，可能是海茄冬吧，從汙泥中冒出許多直立根，和那些水筆仔的幼齡苗一樣，渾身泥濘，好像是地面上滿布的一根根長釘子。

這類特殊形態的根，是紅樹在這個多腐植質且隨潮水移動的黏稠泥巴中得以固持和呼吸的偉大裝備之一。

紅樹的另一種策略是胎生。果實直接在樹上發芽，等到幼苗長大，並且生長一根尖棒狀的胚莖後，才掉入淺水，插在溼地中繼續生根長葉。

空氣悶熱，樹林裡散發出一股幽幽的泥腐味。當潮水每天兩次上漲，這些紅樹林的樹幹就要沒入水裡了。有的甚至只露出樹梢。但這裡卻也是河流挾帶了大量有機質泥沙的堆積處。許多生物，包括鳥類和一種猴子以及各種水中生命，在這個養分豐富的惡地裡長期生存和演化，並因而形成了一個複雜而奇妙的適應系統。

4

通過紅樹林之後，我們從附近的小碼頭乘汽船出海。水色逐漸由黃轉為道地的藍。河左岸卻仍遠遠的伸向外海。湛藍的海洋，綠意盈盈的陸地，以及隔在其間的那一線迤邐達好幾公里的純白色沙灘鑲邊，一起在天際湧盪。

船在沙當島唯一的一處沙丘小岬角旁停泊。我們涉水上岸。這是一個無人的小島。但大約有五、六隻海龜卻已早我們登臨。牠們在凌晨時分來此下蛋；留下的足跡越過沙丘，一直到百來公尺外的樹下。那旁邊圍著一個大約兩公尺見方的矮柵欄，欄內插著十數塊標了日期的牌子。每個牌子底下都埋著派駐此地的管理員挖撿出來的海龜蛋。

陽光強烈，照耀著沙灘和前方豔麗的海洋。許多欖仁樹、蓮葉桐、榕樹類植物、長著或黃或綠大果實的林投，以及雜密的各種灌木，在沙丘終止處，開始向島的內部交錯密覆成一個難以踰越的叢林世界，緊緊地將整個島罩住。長在樹林外緣的幾棵椰子樹，瘦瘦地伸向很高的藍天，其中的兩株，果實纍纍。

我沿著水邊漫步。岬角迎風面的高潮線上躺著一些漂浮而來的斷木、樹根和破碎的貝殼。然後，我就看到那一棵小椰樹了。它孤零零地立在潮間帶上方的沙灘上，極有精神地長了五片葉子。我對它端詳許久。我想像著這個小生命的可能來歷：在某個遙遠的熱帶陸地的海邊，一株椰子樹斜斜地伸著它那高䠷的身子；一個椰子成熟了，掉落在海水沖得到的地方；海水帶著它出海，椰子則靠著它本身粗糙的纖維厚殼，在水上漂浮數百里；若干個月後，它被一陣浪潮沖上這個小島；它努力著慢慢在炙熱的沙上生根，萌芽，長出新葉。

海中島嶼上的植物，有一部分就是這樣經由海漂而來的。另外的部分，有一些來自空中，由鳥的糞便、羽毛或腳掌帶來種籽。在高溫多濕的熱帶島上，這些種子很快有了生命，並終而蔚然成林。

臨要離開沙當島前，我下海游了兩回。水上光影晃漾，人的世界似乎很遠。心思也很遠。繼續走海路去峇哥國家公園看長在低地雨林裡的豬籠草和螞蟻樹的時候，心中仍掛念著那株流浪許久之後終於孤零零地在白色沙丘上定居下來的小椰樹。

5

由於行程緊逼，在峇哥國家公園，我們逗留不到一個小時。我們下船，涉過波波拍岸的海浪，爬上一小段裸露的岩壁，然後再穿過迂迴林間的小徑，到達一處砂岩小平台上。

平台陡峭地俯視著大海，迎著風，侵蝕嚴重，岩面凹處積滿細砂，地表相當貧瘠，主要的樹種是一些瘦骨嶙峋甚或扭曲著枝幹的「海柳」。樹高約只三公尺。當地人稱這種樹為螞蟻樹，因為幾乎每棵樹上都有數個螞蟻窩。而更奇特的是，幾乎每個螞蟻窩中都長了蘭花和各種蕨類。

這是一種共生現象。

有時豬籠草也爬到這種樹上面來。這也是令大家好奇的植物，沿路很多。我察看那由葉中肋變形的囊袋，發現裡面大都已無積水，只留著一些小蟲被溺斃之後又被消化吸收所剩下的殘骸。

所有的樹葉都乾乾的。赤道的陽光和地面灰白的硬砂岩岩塊，一起熱烈地烘曬這些稀疏的樹林，也烘曬著我們的肌膚。我們又趕忙回到船上，再繞至另一處叢林海灘游泳。

來去匆匆。

對於此地的熱帶叢林，前後三天，我們往往僅是如此這般走馬看花而已。而且由於知識不足，我所能認識和理解的，幾近於零。而對於典型的熱帶低地雨林，我們其實還未曾真正見識過。這當然是十分遺憾的。回到旅店休息時，常不免會藉著他人的記述和圖片，揣度起那個最適合生物成長的綠色世界。

一個平靜涼爽卻又是生存競爭極為激烈的世界，生命力四處洋溢的世界。所有的植物都在盡力往上竄，以爭奪陽光和雨水。它們有的於是專注於往上長，不願分枝，高大的樹木因此到處可見，樹頂也因而成了緊密的天篷，幾無任何間隙。木質的蔓藤則狡黠地採取四處攀緣的策略，在樹林間形成交織的網。蘭花、鳳梨科植物、蕨類也長到樹木高處的枝椏上去了。小喬木則堅苦卓絕地期盼有朝一日能出人頭地。林下一片幽暗，空氣潮濕。地上到處是阻礙：為了鞏固和擴張地盤而四處伸展的根板、斷枝殘幹、腐葉爛泥、雜亂的草本植物和菇菌，以及隱藏其間的小水流。

許多種類的大小動物、鳥類、昆蟲、爬蟲類，就在這裡覓食和營生，繁殖和死亡。夜空裡各種聲響：呼嘯、尖叫、滴滴答答，和咳嗽。在這個密閉的天地裡行走，心情應該是既興奮又緊張的。也許會有一隻蛇垂吊下來，也許會突然飛出一隻被土著奉為神明的犀鳥，也許會有一隻紅毛猩猩在枝葉間竄跳，甚至於也會遇見仍然在叢林深處堅持著游牧生活的平南族人。這些，必然都會讓人突然嚇一大跳。

然後，雨來了，劈劈啪啪，唏唏唰唰，打在周遭數十公尺內的數百種數千棵植物的數萬枚葉子上，發出種種迷耳的聲音。整座森林於是更幽暗更震懾人了。

6

那天早上，從砂勞越轉往沙巴時，飛機大致沿著海岸飛。曲線優美的海岸線外是閃閃發亮的藍色海水，海面全然晴朗；陸地的一方則是高低有致地連綿起伏的鬱綠大樹篷。樹篷上方飄著片片白雲，有如一朵朵逍遙自在的小山花，彼此間隔得似乎很有規律，越往內陸越密。但整體看來，卻又像是一朵全面綻放在綠色莽林上的大牡丹，雍容安詳。

當然，我知道那是因為初升的太陽在樹林間蒸起水氣的關係。那是千萬棵樹木復甦時分呼出的鼻息。

隔天我們從東南亞的最高峰京那峇魯山登山口下來時，曾碰到這幾天行程中唯一的一場雨。啊，雨林中的雨原來就是那樣子的。大雨在疾駛的車外嘩嘩落下，好像兩旁稠密的大小植物也在鼓掌歡笑。一路上，我曾想像，它們，以及在它們以縱橫交織結構起來的綠廈中生活的千萬種植物，都是快樂的。

註：一九九二年夏天，簡媜、焦桐和我獲邀作四天三夜的砂勞越之旅（焦桐和我隨後且自行續往沙巴多逗留了兩天），但須各寫一篇有關的文章以為回報。第二天，三人稍作商量後，寫作的內容重點有所分配：簡媜寫人文，我寫自然，焦桐則作綜合性的敘述。然而，關於這個雨林地帶的大自然，我的認知和見識都極有限，所以，這篇文字寫來其實頗為心虛。

發表索引

輯一

篇名	發表時間	發表報刊
偶遇	二〇〇三年九月十二日	《自由時報》自由副刊「四方集」專欄
呼吸	二〇〇三年九月二十六日	
歲月	二〇〇三年十月十日	
逝	二〇〇三年十月二十四日	
一時佛在	二〇〇三年十一月七日	
偷生	二〇〇三年十一月二十一日	
我們去唱歌	二〇〇三年十二月五日	
後窗外的貓	二〇〇三年十二月十九日	
聲色	二〇〇四年一月二日	
靜默的下午	二〇〇四年一月十六日	
黃小鷺之光	二〇〇四年一月三十一日	
之間	二〇〇四年二月十三日	
角落	二〇〇四年二月二十七日	
轉換	二〇〇四年三月十二日	
憤怒	二〇〇四年三月二十六日	
遠與近	二〇〇四年四月九日	
快與慢	二〇〇四年四月二十三日	
輕與重	二〇〇七年九月二十日	《新地文學》季刊創刊號
野地神父		
我的小葉欖仁	二〇〇六年九月	收入《綠光印象》（遠景）

輯二

篇名	發表時間	發表報刊
一種日子	一九九三年二月十二日	《中國時報》人間副刊「寧靜海」專欄
追尋	一九九三年三月十二日	
黑暗之光	一九九三年三月二十六日	
山路	一九九三年二月二十六日	

憂鬱的海	一九九三年二月十九日	
早晨感覺	一九九三年三月五日	
回顧的河口	一九九三年三月十九日	
遙望	一九九三年四月三十日	
寂靜的堤	一九九三年五月二十八日	
海角	一九九三年一月二十五日	
珊瑚礁和磯鷸	一九九三年二月一日	
遙遠	一九九三年七月二日	
靜物	一九九三年四月十六日	
療傷	一九九三年四月九日	
老兵儀式	一九九三年四月二十三日	《中國時報》人間副刊「寧靜海」專欄
暮色頭像	一九九三年五月十四日	
鏡中世界	一九九三年五月九日	
士兵的海	一九九三年四月二日	
陪伴	一九九三年六月四日	
等待	一九九三年五月二十一日	
誦	一九九三年六月十一日	
盛宴後	一九九三年六月十八日	
知道	一九九三年七月九日	
生活	一九九三年八月二十日	
應該	一九九三年九月十日	

輯三

篇名	發表時間	發表報刊
老文人	一九八三年三月十五日	《台灣文藝》第八十一期，原題〈人物印象〉
賣冰		
午休		
餘生		

夫妻	一九八三年三月十五日	《台灣文藝》第八十一期，原題〈人物印象〉
出獄後		
童趣	一九八四年一月二十日	《散文季刊》第一期，原題〈印象十則〉
兄弟		
蝴蝶的家		
人間		
海邊		
彩燈		
牛車輪		
快樂		
寒村		
水簾		
偶然的旅站	一九九三年一月四日	《中國時報》人間副刊「寧靜海」專欄
燈光下山來	一九九三年一月十八日	
行館	一九九三年一月十一日	
漢子	一九八四年九月二十五日	《商工時報》春秋副刊，原題〈赤熱的良心〉
半隱士	一九八六年六月	《人間雜誌》第八期，原題〈叩寂寞以求音〉
赫恪這個朋友	二〇〇三年十一月	《更生日報》更生副刊
悼祭父親	一九九九年八月	《東海岸評論》第一三三期，原題〈悼念父親〉

輯四

篇名	發表時間	發表報刊
美崙	一九九二年四月四日	《中國時報》人間副刊
府城・三天的風	二〇〇三年十一月	《聯合報》聯合副刊
三月合歡雪	一九九二年十一月二十八日	《中國時報》人間副刊
重回玉山	二〇〇三年七月	收入《玉山散文》（晨星）
島嶼巡航	二〇〇三年九月	《印刻文學生活誌》創刊號
走過雨林邊緣	一九九二年八月一日	《中國時報》人間副刊

陳列作品集 3

人間・印象

作　者　陳　列
攝　影　陳建仲（p16、88、150、168-169）/陳寶琳（p129、191）/
黃昶憲（p34-35、51、143、204、224-225）/劉塗中（p73、116）/
蝴蝶結（p7、79）
總編輯　初安民
責任編輯　陳健瑜
美術編輯　黃昶憲
校　對　吳美滿　陳健瑜　陳　列

發行人　張書銘
出　版　INK印刻文學生活雜誌出版有限公司
新北市中和區建一路249號8樓
電話：02-22281626
傳眞：02-22281598
e-mail: ink.book@msa.hinet.net
網　址　舒讀網 http://www.sudu.cc

法律顧問　巨鼎博達法律事務所
施竣中律師
總代理　成陽出版股份有限公司
電話：03-3589000（代表號）
傳眞：03-3556521
郵政劃撥　19000691 成陽出版股份有限公司
印　刷　海王印刷事業股份有限公司

港澳總經銷　泛華發行代理有限公司
地　址　香港新界將軍澳工業邨駿昌街7號2樓
電　話　852-27982220
傳　眞　852-27965471
網　址　www.gccd.com.hk

出版日期　2013年8月　初版
2015年8月1日　初版二刷
ISBN　978-986-5823-18-4

定　價　300元

國家圖書館出版品預行編目資料

人間・印象／陳列 著；
--初版，--新北市中和區：INK印刻文學，
2013.8　面；公分（陳列作品集；3）
ISBN 978-986-5823-18-4　（精裝）
855　102010642